Disney
Peter Pan & Wendy

Traduction de Christophe Rosson.
Conception graphique : Studio Blick.

Hachette Livre, 58, rue Jean-Bleuzen, 92178 Vanves Cedex.

Disney

Peter Pan & Wendy

hachette
JEUNESSE

Peter Pan

Peter Pan refuse de grandir et compte bien rester un enfant toute sa vie ! Accompagné de la fidèle fée Clochette, le garçon vit des aventures extraordinaires au Pays imaginaire. Il ne rate jamais une occasion de croiser le fer avec son ennemi juré, le capitaine Crochet !

Wendy

Wendy a beau être l'aînée des enfants Darling, elle ne se sent pas prête à grandir ! Elle aimerait rester à jamais enfant, comme Peter Pan, le héros de ses histoires du soir. Mais qui sait quelles merveilleuses aventures lui réserve la vie d'adulte ?

1

La jeune fille qui ne voulait pas grandir

Un véritable océan de parapluies se déverse dans une rue pavée de Londres : les gens cherchent tous à rentrer chez eux avant l'orage. Le tonnerre gronde et l'averse ne faiblit pas. Lorsqu'un chariot emprunte l'artère, le bruit des sabots résonne contre les façades en pierre des maisons, et les chevaux projettent des gerbes d'eau sur les trottoirs. Les uns après les autres, les piétons se réfugient dans les maisons modestes mais soignées où les attend la douce chaleur d'un feu de cheminée.

Dans l'une de ces demeures, chez la famille Darling, on aurait bien du mal à entendre le tonnerre, car une bataille épique est en train de se jouer.

Brandissant chacun une épée en bois, Jean et Michel Darling déboulent dans le grand hall. Le chien de la famille, un gros saint-bernard femelle prénommé Nana, leur mordille les talons dans leur course folle. Nana s'efforce, souvent en vain hélas, de garder le contrôle sur les deux garçons. Elle est un peu leur nourrice, mais il arrive aussi qu'elle ne puisse résister à l'envie de se joindre à leurs jeux. Les coups d'épée volent dans tous les sens, au risque de fracasser les objets qui se trouvent à portée des garçons. Les portraits de famille tanguent et tremblent contre les murs. Dehors, un éclair illumine le ciel, suivi par le fracas du tonnerre, donnant au duel un tour plus menaçant. La pluie crépite sur le toit. Mais malgré tous ces bruits, ou à cause d'eux peut-être, le combat se poursuit.

– Tu es fait comme un rat, Peter Pan ! s'exclame Jean en sabrant l'air avec son arme.

Du haut de ses 10 ans, Jean se considère comme un expert en maniement de l'épée. Baissant la tête – mais pas assez pour faire tomber le haut-de-forme « emprunté » à son père –, il enchaîne trois pas rapides vers l'avant.

Son frère cadet, Michel, bondit à reculons, son vieil ours en peluche serré sous son bras, pour mieux esquiver l'attaque.

Ce duel, ils l'ont joué et rejoué bien des fois. Pourtant, ils ne s'en lassent jamais. Peter Pan est le héros de l'une de leurs histoires du soir favorites, et les deux frères adorent se glisser dans la peau de l'enfant qui ne voulait pas grandir. Enfin… Michel adore se glisser dans sa peau. Jean, lui, préfère incarner le méchant capitaine Crochet.

– Gare au crocodile ! s'écrie Jean, complètement absorbé par le jeu.

Nana aboie soudain, comme si elle avait aperçu un vrai crocodile. Mais Michel secoue la tête.

– Peter n'a pas peur des crocodiles, dit-il, ravi de reprendre son aîné. C'est toi, le poltron !

Les deux adversaires poussent un cri de guerre, et le duel repart de plus belle dans le couloir. La pluie redouble lorsqu'ils s'engagent dans l'escalier en spirale. Mais l'orage n'est pas assez fort pour étouffer la voix de leur grande sœur Wendy. La jeune fille vient de sortir de la chambre de ses parents, une valise à la main. Elle a les pommettes rosies, et ses cheveux châtain clair tout emmêlés.

– J'ai entendu, inutile de répéter ! crie-t-elle en montant les marches. Je serai prête.

Sans un regard pour Jean et Michel, Wendy regagne la chambre d'enfants située dans l'immense grenier de la maison. Le sol est jonché de jouets, et trois lits sont disposés à l'écart les uns des autres : deux contre un mur, le troisième en vis-à-vis. Face à la porte, une grande fenêtre occupe presque entièrement un autre mur. Une banquette douillette attend les enfants au bas de la vitre.

Après avoir jeté sa valise sur la banquette, Wendy entreprend d'y fourrer des vêtements. Dans son dos, elle entend ses frères qui entrent à leur tour, et ce tapage n'est pas fait pour lui rendre le sourire. Ne peut-elle donc pas avoir une minute de tranquillité pour bouder ?

Wendy soupire. Elle sait que sa moue et son humeur sont aussi lugubres que le ciel d'orage. Elle n'en revient pas que cette nuit soit la dernière qu'elle passe dans cette chambre d'enfants. Elle a tout fait pour convaincre ses parents qu'ils n'avaient pas à l'envoyer en pension, mais ils ont insisté. C'est la bonne décision pour son avenir. Une « bonne » décision qui fait très mal au cœur de Wendy. La jeune fille ne veut pas quitter sa maison. Elle s'interrompt, presse une peluche contre sa poitrine. Elle n'est pas prête à renoncer à l'enfance et à ses joies – jouer à faire semblant, par exemple, comme Jean et Michel en ce moment même.

Un sourire se dessine sur ses lèvres. Certes, elle doit partir demain. Mais cela ne signifie pas pour autant qu'elle ne peut pas s'offrir une dernière bagarre avec ses frères. Pivotant sur elle-même, Wendy adresse un sourire sournois à Jean et Michel.

– Vous ne m'avez pas oubliée, j'espère ? demande-t-elle.

Sur ce, elle ramasse une épée et se jette dans la bataille. Les visages des garçons s'illuminent mais, un instant plus tard, ils reprennent leur sérieux. Le combat peut repartir… avec plus de fougue qu'auparavant !

– Donne-moi le trésor ! ordonne Wendy en adressant un signe de tête à Michel.

Elle lui arrache aussitôt les boucles d'oreilles qu'il tenait à la main et ajoute :

– Et maintenant… je vais m'occuper de Crochet !

La jeune fille se tourne vers Jean et plie les genoux, prête à se jeter sur lui.

– Du large, Capitaine Crochet, ou je t'embroche.

Le duel débute. Tout absorbée par l'action, Wendy oublie ce qui la rend si triste. Ses frères et elle ont joué ainsi un nombre incalculable de fois, et elle a peut-être passé l'âge mais… elle ne s'en lasse jamais.

Voyant sa grande sœur abattre son épée sur lui avec plus de vigueur, Jean commence à prendre peur. Quand tout à coup Wendy lui donne un bon coup sur les doigts, il glapit :

– Aïe !

– Qu'est-ce que j'entends ? réplique la jeune fille, toujours dans son personnage. Tu te rends ?

– Non, c'est juste que…

Mais Jean n'a pas le temps d'achever sa phrase que Wendy le désarme d'un nouveau coup d'épée. Celle du garçon vole à travers la chambre et finit sa course dans un miroir. Un bruit de verre cassé retentit.

Les enfants ouvrent des yeux tout ronds. Nana pousse un faible gémissement.

Wendy abaisse son épée et avale sa salive.

– Oups, souffle-t-elle.

La porte s'ouvre brusquement. M. Darling fait son entrée.

– Bien, les enfants, il est l'heure de… commence-t-il.

Mais il se tait en voyant ses enfants scruter d'un air coupable le mur derrière lui. Tournant la tête, il découvre le miroir brisé. Il soupire, puis s'exclame :

– Encore ? Qui est le responsable, cette fois ?

Les trois petits baissent les yeux et restent muets. Cette scène aussi, ils l'ont vécue plus d'une fois. Presque autant que celle de la bataille. Un pirate ne dénonce jamais un autre pirate. Hélas, si personne n'ouvre la bouche, Jean jette toutefois un bref coup d'œil à Wendy… et M. Darling devine tout.

– Wendy, dit-il en s'approchant de sa fille aînée.

Celle-ci relève vivement la tête et se tourne vers ses frères.

– Cafteurs ! peste-t-elle, indignée.

– Mais je n'ai rien dit ! se défend Jean.

– C'est *vous* qui avez commencé !

Se plaçant face à son père, Wendy explique :

– C'était *leur* jeu. C'est *leur* faute et…

– Assez ! tonne M. Darling.

Wendy se tait aussitôt.

– Les épées, réclame le père en tendant la main. Immédiatement.

À contrecœur, Wendy et Michel lui remettent leurs armes de bois. M. Darling arque un sourcil.

– Mon chapeau, ajoute-t-il.

D'un geste lent, Jean retire le haut-de-forme de son père et le lui rend. Mais M. Darling n'en a pas encore fini. Il sait que la bataille a demandé un autre accessoire lui appartenant.

– Ma montre.

Jean la sort de sa poche.

– Mais elle m'aide à m'endormir, dit-il d'une voix chevrotante qui n'a plus rien de celle d'un méchant pirate, mais tout de celle d'un enfant de 10 ans.

– Elle t'aide à… répète M. Darling.

Il s'arrête toutefois en voyant la mine qu'affiche son fils.

– Bon, d'accord. Mais tâche d'en prendre grand soin. Une montre est un accessoire de la plus haute importance pour un homme. Et cette maison…

Tout en parlant, il se dirige vers le miroir brisé, et ramasse l'épée retombée en dessous. Poussant un nouveau soupir, il déclare :

– Je crains fort qu'il n'en reste que des ruines lorsque vous trois serez devenus des adultes.

Nana frappe le plancher avec sa queue en regardant tour à tour les enfants et M. Darling.

– Viens, Nana, lui ordonne ce dernier.

– Oh, elle ne pourrait pas rester encore un… réclame Wendy.

– Non, la coupe M. Darling. Hors de question. Enfin, Wendy, est-ce ainsi que tu souhaites passer ta dernière nuit à la maison ?

La jeune fille fronce les sourcils au rappel de sa triste situation.

– Mais on ne faisait que s'amuser !

– Exactement ! Tu as passé l'âge de t'amuser de cette façon.

Sans un mot de plus, M. Darling entraîne Nana par le collier. Tous deux sortent de la chambre, laissant les trois enfants seuls.

Un silence gênant s'installe dans le grenier aménagé.

– Pourquoi as-tu fait ça ? finit par demander Jean.

– Tu es un pirate, oui ou non ? lui rétorque sa sœur en haussant les épaules. C'est chacun pour soi.

Toutefois, elle ne saurait dire précisément pourquoi elle a « fait ça » : se mêler à la bagarre, puis répondre à son père et enfin dénoncer ses frères. Par lassitude, sans doute, et aussi par colère vis-à-vis de ce qui l'attend demain – cette nouvelle vie qu'on lui impose. Serrant les poings très fort, elle ressent un picotement. Lorsqu'elle rouvre la main, elle constate qu'elle tient toujours les boucles d'oreilles, le fameux « trésor ».

Alors Wendy se dirige vers le miroir brisé, qui se trouve de son côté de la chambre d'enfants (séparé de celui des garçons par un rideau) et présente les boucles devant ses oreilles. Elle penche un peu la tête, de sorte que son visage soit coupé en deux par le verre cassé. Pendant un court instant, elle a l'impression d'avoir deux Wendy face à elle : celle qui voudrait ne jamais quitter cette chambre d'enfants, et l'autre, plus petite, qui se demande quelles aventures le monde des adultes lui réserve.

– Elles te vont bien, Wendy.

La voix de Mme Darling fait sursauter la jeune fille. Se retournant vivement, elle lâche les boucles d'oreilles sans le faire exprès.

– Tu devrais les prendre, poursuit Mme Darling en entrant dans la chambre.

Elle porte une robe de soirée et, comme d'habitude, affiche une élégance folle. Wendy se demande bien comment sa mère parvient à un tel résultat : jamais un cheveu qui ne dépasse, jamais le moindre faux pli sur ses vêtements.

– Non merci, répond-elle sèchement en allant s'affaler sur son lit.

Mme Darling écarte d'un geste délicat le rideau de séparation et va s'asseoir à côté de Wendy.

– Tu devrais montrer un meilleur exemple à tes frères, tu sais, dit-elle. Ils t'admirent tellement.

– Montrer l'exemple, tu es là pour ça, réplique Wendy en faisant la moue.

Mme Darling esquisse un sourire puis écarte une mèche de cheveux de la figure de sa fille.

– Je suis là pour être leur mère, et ton père est là pour être leur père. Toi, tu dois être leur grande sœur. Ils suivront ton exemple – alors tâche de leur montrer le bon.

– Comment veux-tu que je leur montre quoi que ce soit quand je serai en pension ? demande Wendy.

– Tu peux déjà décider de partir la tête haute, répond Mme Darling. C'est dans l'ordre des choses. Si une jeune fille a assez de chance dans la vie, il vient un moment où elle part à l'école afin de se préparer à sa vie future.

Wendy secoue la tête.

– Et si je n'en veux pas, moi, de cette vie ?

– C'est ce que j'ai fait, à ton âge.

– Et si je n'en veux pas, de ta vie ? insiste Wendy.

Comment sa mère pourrait-elle comprendre ? Se rappelle-t-elle seulement ce que l'on ressent, quand on a son âge ? Quand on n'a d'autre choix que d'obéir en toutes circonstances ?

Un voile d'émotion passe dans le regard de Mme Darling mais sa voix reste ferme quand elle reprend :

– De quoi as-tu peur, au juste ?

Cette question a le don de chasser la colère de Wendy pour la remplacer par le chagrin.

– Je voudrais que les choses restent comme elles sont, confie-t-elle.

– Comme elles sont ? répète Mme Darling.

Un doigt pointé vers le bout du lit, d'où dépassent les pieds de sa fille, elle lui fait remarquer :

– Tu es déjà trop grande pour ton lit !

Wendy rentre ses pieds pour ne pas admettre la vérité.

– Tu grandis, insiste Mme Darling.

– Eh bien, peut-être que je ne veux pas grandir, lui rétorque Wendy.

Mme Darling hoche la tête. Elle sait que personne n'aime l'idée du changement.

– On ne peut pas arrêter la marche du temps, Wendy. Elle continuera, que cela te plaise ou non. Songe un peu à tout ce que tu vas rater si tu refuses de suivre le mouvement !

Elle marque une pause, espérant lire dans les yeux de sa fille une forme d'acceptation. Hélas, Wendy ne décolère pas, et se tourne sur le côté.

– Songe aussi à ce que le monde va rater si tu décides de rester dans ton coin.

Wendy ne répond pas. D'un geste tendre, Mme Darling remonte les draps sur les épaules de sa fille qui tremblote. Elle lui caresse les cheveux. Ses trois enfants étant au lit, elle leur chante une douce berceuse, la même que tous les soirs. Très vite, Wendy et ses frères dorment à poings fermés.

Mme Darling se penche alors sur Wendy et dépose un baiser sur sa tête. Puis elle se dirige vers la porte sur la pointe des pieds, non sans avoir tiré le rideau qui sépare le côté de Wendy de celui des garçons.

– Bonne nuit, les enfants, dit-elle avant de sortir en refermant la porte.

2
Deux visiteurs inattendus

Dans la chambre, le silence n'est troublé que par les bruissements des draps lorsque les enfants se tournent dans leur sommeil. La maison semble percevoir que ses occupants dorment, car les craquements du plancher eux-mêmes s'estompent.

Tout à coup, un tintement léger retentit derrière la vitre. Si Wendy ou l'un de ses frères étaient réveillés, ils auraient la surprise de voir une petite lumière pousser le panneau de verre et entrer dans la pièce.

Cette lumière est en réalité une fée : Clochette.

Mesurant une dizaine de centimètres au plus, la petite créature volette dans le grenier aménagé, observe le décor de ses grands yeux marron. De la poudre d'or scintille sur ses boucles châtain foncé ; sur son dos, une paire d'ailes translucides battent si vite qu'elles en sont presque invisibles. Clochette pose son regard sur Jean, puis sur Michel. Ses sourcils se froncent. Ce n'est pas du tout ce à quoi elle s'attendait. Pivotant sur elle-même, la petite fée aperçoit un rideau tiré en travers de la pièce. Poussée par la curiosité, elle s'en approche et bat des mains. De la poudre d'or jaillit de ses doigts ; le rideau s'écarte comme par enchantement, révélant la présence de Wendy Darling.

Le regard de Clochette s'illumine. Voilà ce qu'elle est venue chercher ! S'avançant encore un peu, elle envoie un baiser en direction de Wendy. Une nouvelle bouffée de poudre scintillante apparaît. Lorsqu'elle se dépose sur la peau de la jeune fille, celle-ci se met à briller très légèrement et, pendant un instant, Clochette et elle éclairent la chambre. Après quoi Wendy sourit dans son sommeil. Clochette hoche la tête. La poudre a fait effet, plongeant Wendy dans des rêves plus heureux.

C'est alors que Wendy est soulevée de son lit ; elle flotte dans les airs.

Clochette y comptait bien. Les rêves heureux et la poudre d'or produisent leur magie. La petite créature tape des mains, pressée de passer à la suite de son plan, quand soudain…

– Je te tiens !

Une main s'empare de Clochette.

Wendy ouvre brusquement les yeux. Elle regarde d'abord en haut, puis en bas. Découvrant qu'elle n'est plus dans son lit, elle pousse un cri et se met à battre des bras. Toutes ses pensées heureuses envolées, elle s'écrase sur le plancher.

– Que… que s'est-il passé ? demande-t-elle, déboussolée. Ai-je rêvé ?

Jean et Michel, tous deux réveillés, sont là et l'observent. C'est Jean qui a capturé l'intruse.

– Tu volais ! s'exclame Michel.

– Par quel miracle ? l'interroge Wendy.

– Grâce à un petit insecte, répond Michel comme s'il n'y avait rien de plus normal.

Et il désigne du doigt son grand frère, installé dos à la fenêtre.

– Je ne suis pas sûr que ce soit un insecte... déclare Jean, qui tient Clochette entre ses mains.

Contre ses paumes, il sent des espèces de frottements, comme lorsqu'il capture des lucioles, les nuits d'été, et les garde un moment avant de les relâcher. Les frottements sont délicats, telles des chatouilles. Jean écarte légèrement les doigts, de sorte que Wendy et Michel puissent voir.

Clochette les observe, le visage rouge de colère. Wendy bondit en arrière, ne sachant comment réagir. Tout ceci n'a ni queue ni tête.

– C'est un…

La jeune fille ne trouve pas les mots.

– Une…

Elle n'a pas le temps d'achever sa phrase qu'une lame luisante fend la pénombre dans le dos de Jean et se pose sur l'épaule du garçon. Celui-ci se fige. La lame d'acier est froide – à mille lieues de celles en bois avec lesquelles son frère, sa sœur et lui ont l'habitude de jouer.

– C'est une fée, déclare une voix. Et tu ferais mieux de la libérer.

Jean n'hésite pas une seconde. Il écarte les mains, et la fée, comme l'a appelée la voix, s'envole aussitôt. Tandis qu'elle volette, un bruit pareil à celui d'un million de carillons qui sonneraient à l'unisson emplit la chambre. Clochette secoue la tête et agite un doigt en direction des enfants. Le message est clair : « Ne me traitez plus jamais d'insecte ! »

Pendant ce temps, le mystérieux personnage à l'épée sort de la pénombre.

C'est un garçon, qui semble avoir le même âge que Wendy. Sur sa peau marron, il porte des vêtements aux couleurs de la forêt. Et sous le chapeau à plume qui orne sa tête, une lueur espiègle brille dans ses yeux.

Les enfants en restent stupéfaits. Pourtant, il n'y a aucun doute dans leur esprit.

– Es-tu… commence Jean.

– Peter Pan ? complète Michel.

L'intéressé incline la tête.

– Vous attendiez peut-être quelqu'un d'autre ? demande-t-il.

Wendy retrouve enfin la parole et vient se poster devant ses petits frères.

– Nous n'attendions personne, dit-elle d'une voix ferme. Es-tu vraiment réel ? N'es-tu pas censé n'être qu'un personnage d'histoire ?

Peter hausse les épaules.

– Qu'est-ce qui m'empêche d'être les deux ? J'aime entendre les histoires qu'on raconte sur moi. Et votre mère sait les raconter à la perfection.

Wendy plisse les paupières. Peter a répondu à l'une de ses questions, mais elle en a d'autres à lui poser. Notamment…

– Que viens-tu faire ici ?

Peter promène son regard dans la chambre. Puis, baissant la voix, il révèle :

– Deux choses. La première : vous faire sortir. Et la seconde…

Il laisse sa phrase en suspens, car Clochette se met à tinter du haut d'une commode. Désignant du doigt le meuble, elle tinte encore trois fois. Puis, sous les regards de Peter et des enfants, les tiroirs se secouent violemment.

– Mon ombre ! révèle Peter en conclusion de sa phrase.

– Ton ombre ? répète Jean.

– Je savais bien que je l'avais laissée ici, ajoute Peter.

Les trois enfants s'interrogent du regard. Peter serait déjà venu dans leur chambre ? Mais quand ? Et comment ?

Ignorant les questions qui taraudent les trois petits Darling, Peter leur explique :

– Elle cherche tout le temps à s'enfuir, or je n'en possède pas d'autre…

Il court aussitôt ouvrir le tiroir du bas de la commode. Au même instant, celui du milieu, entrebâillé, claque. Peter le tire immédiatement, mais celui du haut s'ouvre et le cogne au front.

– Aïe ! s'écrie Peter en se massant.

C'est alors qu'une ombre – *son* ombre ! – se dessine contre le mur derrière lui. Les enfants n'en avaient jamais vu d'aussi étrange. Celle-ci ne suit pas les mouvements de Peter. Elle ne change pas de forme en fonction de la lumière. Elle agit de sa propre volonté. D'ailleurs, elle se tasse sur elle-même et glisse le long du mur comme pour filer en douce.

Avisant l'ombre malicieuse, Clochette tinte frénétiquement.

Peter, alerté par le bruit, se tourne vers elle.

– Te voilà ! s'écrie-t-il.

Et il se lance aussitôt à la poursuite de son ombre, jusque dans le placard de Wendy, où il atterrit à grand fracas.

Pendant que Peter tente de se relever, l'ombre en profite pour filer. Elle jaillit hors du placard, double Wendy, puis rétrécit afin de se réfugier dans une grande maison de poupées. Clochette ne la lâche pas d'une semelle et s'engouffre par une fenêtre ouverte. Une lueur jaune éclaire la petite maison tandis que la fée pourchasse l'ombre du rez-de-chaussée jusqu'au grenier.

Wendy observe la scène, les yeux écarquillés et le cœur emballé. Elle cherche à comprendre ce qui se joue devant elle, mais c'est pour ainsi dire impossible. Et voilà que Michel se met de la partie. Soulevant la maison de poupées avec Peter, tous deux la retournent et la secouent.

– Sors de là, l'ombre ! crie Michel.

Celle-ci fuse hors de la maison de poupées et reprend sa course folle à travers la chambre. Elle s'étire au plafond et, sans que personne ne puisse l'arrêter, s'échappe par un interstice de la porte. Wendy plaque une main sur sa bouche. Si jamais la fuyarde parvient à sortir de la maison, ils n'auront plus beaucoup de chances de la rattraper. Wendy entraîne alors ses frères dans une course-poursuite. Tous trois repèrent l'ombre malgré l'obscurité : elle descend l'escalier.

Mais avant qu'elle n'ait pu atteindre le rez-de-chaussée, Nana surgit d'un coin sombre et se jette sur ses pieds. N'ayant jamais rencontré de chien, l'ombre se fige instantanément, puis se met à trembler de terreur.

– Bien joué, Nana ! s'exclame Wendy.

La chienne agite sa queue tandis que l'ombre gesticule dans tous les sens.

Peter dévale les marches et s'empare de son ombre, l'arrachant à Nana.

– Quand vas-tu donc apprendre que tu ne peux aller nulle part sans moi ? lui demande-t-il.

L'ombre désigne l'escalier en haussant les épaules comme pour dire : « J'ai fait pas mal de chemin, quand même. »

– Cette fois-ci ne compte pas, réplique Peter en secouant la tête.

Il a parlé comme un enfant boudeur plutôt que comme l'aventurier intrépide des histoires dont raffolent les enfants Darling.

Peter s'assied sur une marche en soufflant fort, puis il tente de rattacher son ombre à son pied. Hélas, celle-ci est une véritable anguille, elle n'arrête pas de lui glisser des mains. Les sourcils froncés, Peter grimace sous l'effort.

– Allez, quoi, tiens-toi tranquille… dit-il.

Wendy compatit à son malheur. Il se donne tant de mal… Alors elle court récupérer une trousse dans la chambre d'enfants puis retourne auprès de Peter.

– Je vais peut-être pouvoir t'aider… annonce-t-elle en s'asseyant près du héros.

Elle sort ensuite de sa trousse une petite aiguille et une bobine de fil. Mais à l'instant où Clochette aperçoit l'aiguille, la petite fée vole à la rescousse de Peter.

– Tout va bien, Clochette, lui assure Peter. Wendy ne va me faire aucun mal.

– Elle ne sait pas parler ? demande Wendy en regardant la fée s'éloigner.

– Si, bien sûr. C'est toi qui n'as pas appris à la comprendre.

Clochette confirme la chose par un tintement.

Wendy se tourne alors vers la créature scintillante : l'expression de son visage est plus qu'éloquente. Et, bien qu'elle ne comprenne pas son langage, elle trouve qu'il produit un son enchanteur.

– Tu es toute petite, Clochette, dit-elle d'un ton amical.

L'intéressée répond aussitôt par une série de tintements. Sa réponse s'éternise.

Wendy a beau ne pas parler le langage des fées, elle devine qu'elle a offensé Clochette.

– Que dit-elle ? demande-t-elle à Peter.

– Que toutes les fées sont petites, répond celui-ci en haussant les épaules. Que c'est ce qui fait d'elles des fées.

Wendy observe tour à tour les deux visiteurs. Clochette n'a manifestement pas dit cela. Ou bien Peter a tout inventé, ou il n'a pas osé révéler la vérité. Wendy penche pour la seconde solution en voyant Clochette renverser un petit soldat.

Ne pouvant réparer sa méprise pour le moment, Wendy se met au travail. Elle insère le fil dans l'aiguille et entreprend de coudre l'ombre au pied de Peter. L'aiguille passe sans difficulté à travers l'ombre, comme si c'était une pièce de velours noir. Mais soudain, Wendy hésite. Elle est à la fois fascinée et un peu perturbée par ce qu'elle est en train de faire. C'est la première fois de sa vie qu'elle coud une ombre !

Wendy pose alors une question qui l'intrigue depuis un moment.

– Comment connais-tu mon prénom, Peter Pan ?

Sans quitter l'aiguille des yeux, ce dernier répond :

– Je l'ai entendu de la bouche de ta mère. « Wendy, réveille-toi ! Wendy, c'est l'heure d'aller à l'école ! » Sauf que toi, tu n'as pas du tout envie d'y aller.

Wendy interrompt de nouveau son ouvrage. Bizarrement, cela ne la dérange pas que ce garçon en sache autant sur elle. Au contraire, elle en est émue. Peter Pan semble comprendre exactement ce qu'elle ressent dans son cœur.

– M'as-tu espionnée ? l'interroge-t-elle encore.

Peter hoche la tête.

– Parfois.

– Pourquoi ?

– Parce que j'attends que tu le dises.

Wendy penche la tête de côté, perplexe.

– Que je dise quoi ?

Peter détourne enfin son regard de l'ombre. Une lueur malicieuse brille dans ses pupilles mais c'est d'une voix très sérieuse qu'il répond :

– Ce que j'ai dit moi-même autrefois : « Je ne veux pas gran… »

À l'instant où Wendy comprend ce que déclare Peter, son doigt dérape et l'aiguille pique le pied du garçon. C'est une piqûre superficielle, pourtant Peter pousse des cris comme si elle l'avait embroché.

Clochette vole immédiatement à son secours et arrache l'aiguille des doigts de Wendy. Elle produit des tintements rageurs tout en se tournant vers Peter. Le garçon se tient le pied. Son visage n'est que douleur.

Wendy ravale la boule qui lui bloque la gorge. Lui a-t-elle réellement fait mal ?

3

La deuxième étoile à droite

– Tu m'as tué ! hurle Peter. Tu m'as poignardé en plein cœur !

Son ombre, qui saute dans tous les sens, ne fait rien pour arranger la situation.

Jean et Michel regardent de plus près le pied de Peter. Ils ont suivi la scène avec une grande curiosité.

– Ton cœur est dans ton pied ? demande Jean, un peu perdu.

– Oui, pourquoi ? Le tien non ?

– Je suis désolée ! s'excuse Wendy. Que puis-je faire pour réparer ça ?

Peter se masse le pied en gémissant et en grimaçant. Puis il se relève en montrant combien cela lui est pénible. Wendy commence à se demander si elle ne l'aurait pas réellement blessé – sans toutefois comprendre comment...

Voulant bien faire, Michel suit Peter qui tourne en rond à cloche-pied.

– Quand M. Ours se fait mal, maman lui donne un baiser pour qu'il aille mieux, révèle le petit garçon.

Peter se tourne vers lui.

– Qu'est-ce que c'est... un baiser ? l'interroge-t-il.

– Tu l'ignores ? s'étonne Wendy.

Des baisers, ses parents lui en donnent depuis toujours. C'est une preuve de leur amour.

Peter opine de la tête.

Wendy hésite. Elle sait ce qu'est un baiser, certes, mais elle ne se sent pas prête à en faire la démonstration à Peter. Alors elle sort un dé à coudre de sa trousse et le lui passe.

– Tiens, dit-elle, voici un baiser.

Peter observe le dé. Il le retourne dans tous les sens comme s'il s'agissait d'un objet étrange et inconnu. Puis il relève la tête et sourit.

– Il me plaît beaucoup, merci.

Wendy acquiesce et enchaîne :

– Et maintenant, te sens-tu mieux ?

– Beaucoup mieux, répond Peter. Tout est rentré dans l'ordre.

Clochette va alors se poster devant l'oreille du garçon et tinte avec impatience. Peter l'écoute, ou semble l'écouter, puis il hoche la tête comme pour approuver ce qu'il vient d'entendre. Après quoi il se redresse et s'étire, en veillant à ce que son ombre ne lui fausse pas compagnie.

– Qu'a-t-elle dit ? demande Wendy.

La petite fée a les sourcils froncés et ne semble pas du tout contente.

– Qu'il est temps de partir, répond Peter.

– Pour aller où ? l'interroge Jean.

Peter sourit comme un petit garçon s'apprêtant à faire une surprise.

– Au seul endroit dans tout l'univers où l'on peut être réellement soi-même, annonce-t-il d'une voix enjouée. Où les plus grandes aventures sont partout. Où il n'y a ni règles, ni école, ni heure du coucher, ni parents… et surtout…

– Ni adultes, complète pour lui Wendy.

– Et c'est ça, le vrai bonheur, confirme Peter.

Wendy le comprend mieux qu'il ne le pense. Après tout, depuis sa plus tendre enfance, on lui raconte les exploits de Peter Pan dans ce fameux endroit. Le visage soudain illuminé d'impatience, elle tape des mains et s'exclame :

– Le Pays imaginaire !

Jean écarquille les yeux derrière ses lunettes.

– Mais on ne pourra jamais y aller…

Se rendre au Pays imaginaire serait vivre un rêve éveillé, mais Jean n'aime pas improviser. Or cette histoire n'est à ses yeux qu'une grande improvisation.

– Oh que si, enfin ! réplique Peter.

Jean avale sa salive.

– Mais comment allons-nous faire ? veut savoir Michel.

Un sourire espiègle étire les lèvres de Peter.

– *Ça*, c'est le plus amusant.

Quelques instants plus tard, les enfants Darling se tiennent sur le rebord de la fenêtre de leur chambre. Au-dessus d'eux, le ciel s'est éclairci et les étoiles scintillent. Dans le petit jardin en contrebas, Nana les observe en aboyant, nerveuse. Elle est sortie de la maison en courant dès que ses protégés ont commencé à faire leurs bagages.

Il ne leur a pas fallu longtemps pour réunir ce dont ils auront besoin au Pays imaginaire : une paire de souliers pour Wendy, M. Ours pour Michel, ainsi que le haut-de-forme et le parapluie de leur père pour Jean. À présent, ils sont prêts… ou presque.

Regardant le sol qui lui paraît affreusement lointain, Jean avale de nouveau sa salive.

– Cette affaire me semble tout à coup être une très mauvaise idée, dit-il.

Wendy, qui n'est absolument pas sujette au vertige, se réjouit à haute voix :

– J'ai toujours rêvé de voler.

À ses côtés, Peter hoche la tête.

– Il n'y a rien de plus simple au monde, assure-t-il. Il vous suffit de vous emplir la tête de pensées heureuses.

– Et c'est tout ? le relance Jean, peu convaincu.

Clochette vient alors voleter près de Peter et tinter.

– Ah oui, j'oubliais, reprend le garçon. Il faut aussi un peu de poudre de fée.

Clochette s'approche de Wendy et tinte encore. La jeune fille s'efforce de comprendre ce que la petite fée attend d'elle mais, comme tout à l'heure, elle n'y parvient pas. Clochette soupire alors puis passe sa main sur les yeux de Wendy.

– Tu veux que je ferme les paupières ? demande cette dernière.

Clochette fait oui de la tête, et Wendy obéit. Elle cherche ensuite des pensées heureuses. Hélas, dans un premier temps, aucune ne lui vient.

– À quoi penses-tu ? l'interroge Peter.

Wendy hésite. À quoi pense-t-elle, au juste ? À une série de moments vagues. Elle doit se concentrer.

– Je pense à quand j'étais petite, dit-elle enfin. Quand j'étais heureuse… ces moments-là…

Et il n'en faut pas davantage pour que ces souvenirs prennent forme derrière ses paupières closes. Elle se revoit au parc avec sa mère, puis au pied du sapin de

Noël, puis en train de jouer avec Nana qui n'est encore qu'un chiot. Les moments heureux continuent d'affluer dans son esprit. Les leçons de piano avec son père, les bagarres dans la boue avec ses frères, les après-midi passés blottie dans les bras de sa mère…

Pendant ce temps, Clochette la couvre de poudre de fée. La poudre brille autour de Wendy et, un court moment, la jeune fille semble être toute dorée, alors qu'elle se soulève lentement du rebord de la fenêtre.

Les yeux toujours fermés, Wendy ignore tout de ce qui est en train de se passer jusqu'à ce que Peter s'exclame :

– Maintenant ! Ouvre les yeux !

La jeune fille s'exécute – et manque de s'étouffer. Elle flotte dans le ciel, au-dessus de sa maison, comme si elle-même n'avait pas bougé mais que le reste du monde s'était enfoncé sous ses pieds. Les demeures voisines, qui paraissent si grandes vues du sol, ressemblent maintenant à des jouets. Un sourire aux lèvres, Wendy voit alors ses frères la rejoindre en plein ciel, laissant derrière eux une traînée de poudre de fée.

– Waouh… s'extasie Michel en serrant son ours contre sa poitrine.

Il laisse échapper ensuite un cri de joie et fait une cabriole dans le vide. Jean, lui, n'est pas du tout rassuré ; il bat des jambes dans tous les sens.

– Tu es sûr que nous ne craignons rien ? demande-t-il.

– Certain ! lui répond Peter avec un grand sourire. Moi-même, je ne suis encore jamais tombé !

Wendy éclate d'un rire sans méchanceté face aux appréhensions de son cadet puis elle décide d'exploiter sa nouvelle liberté. La voilà qui tourbillonne sur elle-même dans un grand élan de joie.

– Je vole ! s'écrie-t-elle.

Et, tandis que la joie s'intensifie en elle, Wendy décrit des courbes dans le ciel. Elle double ensuite ses frères et s'approche du toit d'une maison voisine. Puis elle se propulse de l'autre côté de la rue.

– Venez ! lance-t-elle en faisant signe à ses frères de la suivre.

Les trois enfants s'éloignent ainsi de plus en plus de chez eux. Ils explorent la ville. Londres leur semble presque magique, vue du ciel : les bâtiments gris et noirs paraissent teintés de bleu et d'or. Comme si la poudre de Clochette les recouvrait également.

Wendy s'arrête enfin sur le cadran de Big Ben. La grande tour de l'horloge est l'un des lieux les plus célèbres de Londres. Et Wendy se tient là comme si elle était sur le trottoir. Peter vient se poser près d'elle. Michel atterrit tant bien que mal de l'autre côté de l'horloge, un grand sourire aux lèvres. Jean, lui, déplie son parapluie afin de descendre en douceur. Quand les quatre voyageurs ont repris leur souffle, Peter montre deux étoiles qui brillent dans le ciel.

– C'est là, indique-t-il. La deuxième étoile à droite, et tout droit jusqu'au matin.

– Ça n'a pas l'air tout près, remarque Michel en serrant bien fort son ours.

Jean consulte sa montre. Il fronce les sourcils. Ce n'est pas une heure à laquelle il a l'habitude de veiller – et encore moins de voler.

– Nous ferions sans doute mieux d'y aller une autre fois… estime-t-il.

Mais Wendy secoue la tête. Qu'est-ce qui leur prend ? Ils tiennent la possibilité de vivre une aventure fabuleuse – et ils ont peur d'enfreindre les règles. Elle, en tout cas, sûrement pas.

– Je suis prête ! lance-t-elle en adressant un regard noir à ses frères. Prête à visiter le Pays imaginaire. Partons immédiatement !

– Mais papa et maman… bredouille Jean.

Peter chasse ses doutes immédiatement :

– Nous serons rentrés avant qu'ils ne se réveillent. Avant le matin, même ! Le temps ne s'écoule pas comme ici, au Pays imaginaire.

À cet instant précis, la grande aiguille de Big Ben recule.

– Il monte, il descend, il recule, il avance… ajoute Peter.

Les deux aiguilles se mettent soudain à tourner dans une direction différente chacune. Les rues du quartier donnent l'impression de miroiter et de se métamorphoser. Le ciel nocturne s'étire et se modifie comme si l'espace et le temps s'ouvraient devant les quatre enfants. Wendy n'avait jamais vu de spectacle aussi magique.

Tendant les bras, elle dit alors à ses frères :

– Jean… Michel… prenez mes mains.

Les garçons hésitent d'abord puis, lentement, ils glissent leurs mains dans celles de leur sœur.

– Vous en dites quoi ? reprend cette dernière. Prêts pour l'aventure ?

Jean fait non de la tête en même temps que Michel fait oui.

– Maman répète toujours que tu es censée être la plus responsable de nous trois… dit Jean d'une voix tremblotante.

Wendy esquisse un sourire puis se tourne vers l'horloge.

– Trop tard ! s'exclame-t-elle.

Aussitôt, elle se jette dans le vide. Et, comme par enchantement, Londres disparaît sous leurs pieds.

Wendy, Jean et Michel partent au Pays imaginaire.

4

Le paradis… ou presque

L’air semble s’adoucir alors que Wendy, Jean et Michel suivent Peter. La lumière des étoiles palpite avant de dessiner des traînées colorées. Sous le regard ébahi de Wendy, ces traînées se mettent à onduler, leurs couleurs deviennent plus vives encore, jusqu’à ce qu’enfin elles disparaissent et que tout redevienne noir. Il n’y a plus de haut. Il n’y a plus de bas. Tout semble flotter dans ce vide qui sépare les mondes. La montre de M. Darling tente de s’échapper de la poche de Jean, mais celui-ci la rattrape juste à temps et constate que les aiguilles tournent comme des folles – on dirait qu'elles cherchent à trouver l'heure.

Après ce qui lui paraît n'avoir duré qu'un instant, Wendy se retrouve dans un monde bien différent du sien. Sous son corps, un océan aux eaux cristallines s'étire à perte de vue, teinté de rose et d'or là où les rayons du soleil levant se reflètent. Wendy lève la tête et voit la lumière de l'aube se déverser à travers le ciel jusqu'au point de l'horizon où une masse noire indique la terre. Une masse qui grossit à mesure que les voyageurs s'en approchent.

– Regardez ! s'extasie Michel.

– J'ai vu ! réplique sa sœur, tout aussi enthousiaste.

Jean, qui a enfoncé son chapeau sur ses yeux pour ne rien voir de cette folle aventure aérienne, finit par le relever.

– Est-ce que c'est... commence le jeune garçon.

– Le Pays imaginaire ! termine pour lui Peter avec un large sourire.

Ce pays ne ressemble à rien de ce que Wendy aurait pu imaginer, et à tout ce dont elle aurait pu rêver. Des rochers bordent le littoral, créant des trous d'eau dans lesquels s'ébattent les sirènes. Derrière cette barrière, d'immenses falaises montent jusqu'au ciel avant de céder la place à des collines vert émeraude. Wendy se pose dans un pré dont l'herbe dorée ondule telles des vagues.

– Suis-moi ! lui crie Peter en se portant à sa hauteur. Tu n'as pas tout vu !

Aussitôt, il redécolle, monte à une altitude folle, suivi par Wendy qui a moins de mal que ses frères à tenir le rythme. Si la jeune fille est sous le charme de ce nouveau monde, les garçons, eux, ne sont pas entièrement rassurés. Tout ici leur paraît un peu trop parfait. Ils connaissent les histoires de Peter Pan. Ils savent que, où qu'il aille, le valeureux garçon est sûr de trouver un certain personnage sur sa route.

Alors ils ne peuvent s'empêcher de s'interroger en suivant Wendy et Peter : où donc est le capitaine Crochet ?

Skylight est seul à la vigie du *Jolly Roger*. Les voiles de l'imposant bateau de pirates sont encore enroulées, prêtes à être déployées à tout moment. Mais pour l'instant, rien ne le nécessite. Le vent est faible, le soleil brille et, lorsque Skylight scrute les environs, il ne remarque rien qui sorte de l'ordinaire. Il n'aperçoit que les oiseaux perchés dans les arbres, les sirènes qui jouent dans l'eau, Peter Pan qui vole dans le ciel…

Une petite minute !

Skylight ajuste sa longue-vue puis avale sa salive. Il n'y a pas de doute, c'est bien Peter Pan.

– Oh non, dit le pirate. Oh non, non, non. Voilà qui n'est pas bon. Pas bon du tout.

Skylight se jette sur le pont du navire. Le *Jolly Roger* n'est pas au meilleur de sa forme. Ses flancs sont recouverts de coquillages et le bois de ses ponts est pourri. Un drapeau flotte au vent : la tête de mort et les deux fémurs qui y ont été peints à la main, et que la brise tord de façon lugubre, indiquent à tous ceux qui les voient qu'ils ont intérêt à craindre cet équipage.

Skylight s'efforce de ne pas marcher sur les pirates qui dorment à même le pont. Il y a là Gurley et le vieux Clemson, la très susceptible Mme Starkey ainsi que Benny le Crasseux, qui doit son nom au fait qu'il est… particulièrement sale – même pour un pirate. Il y a aussi Sam, et le plus grand gaillard de tout l'équipage : Bill Jukes.

Zigzaguant à toute allure entre eux, Skylight chuchote :

– Il est revenu, il est revenu. Le gamin est revenu !

Ses paroles, pourtant basses, parviennent à réveiller les pirates, qui commencent lentement à remuer alors que Skylight se dirige vers la cabine du capitaine. Il s'arrête à la porte. Celle-ci, comme le reste du navire, aurait besoin de sérieuses réparations. Elle est striée de balafres et constellée de trous mal rapiécés. Skylight prend une longue inspiration. Puis il toque.

Personne ne répond. Le pirate toque de nouveau.

– Qu'est-ce que c'est ?

La voix qui provient de derrière la porte est grave et rauque. Et elle ne semble pas ravie de cette interruption.

Skylight déglutit de nouveau puis jette un coup d'œil par-dessus son épaule. Le reste de l'équipage l'observe, à la fois nerveux et impatient de connaître la suite.

– C'est le gamin, Capitaine, annonce Skylight d'une voix tremblante. C'est Peter Pan.

Tout à coup, un coup de feu retentit et la porte percute Skylight. Le malheureux fait un vol plané qui s'achève sur le pont inférieur, où il s'assomme.

Une fois la fumée dissipée, un homme sort de la pénombre telle une espèce de monstre issu des pires cauchemars d'un enfant. Ses cheveux sont aussi foncés que la fumée qui traîne encore autour de lui, et une moustache épaisse lui barre la lèvre supérieure. Son regard est froid, sa peau durcie par des années de vie au soleil. Et à la place de la main droite, il arbore un gros crochet rouillé.

Cet homme est le capitaine James Crochet.

– Ne prononce jamais son nom, gronde le sinistre personnage.

Un vent froid accompagne ses paroles glacées, et lorsqu'il parcourt le pont, tous les pirates en ont la chair de poule. Crochet ne s'en aperçoit pas, ou peut-être s'est-il habitué à l'effet qu'il a sur son équipage. Toujours est-il qu'il se tourne vers ses quartiers et crie :

– Monsieur Mouche ! Prenez note. Ma cabine a besoin d'une nouvelle porte.

Un instant plus tard, M. Mouche sort à son tour de la cabine. Ce pirate a le dos voûté, la faute à son grand âge ; ses cheveux – ou le peu qu'il lui reste – sont du même gris que sa barbe. Une paire de lunettes est perchée sur son nez, un cornet auditif pendu à son cou. Il faut dire que toutes ces années passées au milieu des canonnades l'ont rendu dur d'oreille. Un tablier recouvrant son éternel maillot à rayures, M. Mouche tient un bol dans une main et une cuillère dans l'autre. Le capitaine l'a interrompu pendant les préparatifs du petit déjeuner.

– Une nouvelle porte ! répète M. Mouche. Parfait. Très bien. Si je peux me permettre, Capitaine, ce sera la troisième ce mois-ci.

Crochet hausse les épaules comme si cela n'avait aucune importance. Tout ce qui compte à ses yeux, c'est ce maudit Peter Pan.

– Et ce ne sera pas la dernière, reprend-il. Où est ma longue-vue ?

N'ayant pas son cornet à l'oreille, M. Mouche entend mal la question et tend à son maître un poisson que le capitaine jette immédiatement par terre.

– Pas morue, *longue-vue* ! répète-t-il plus fort.

– Ah, votre longue-vue ! s'exclame M. Mouche. Je l'ai toujours à portée de main, Capitaine.

L'homme présente aussitôt l'objet, que Crochet lui arrache.

– Ne me parle pas de mains, gronde le capitaine.

Il déploie ensuite la longue-vue et s'en sert pour scruter le ciel. Dans un premier temps, il ne voit rien d'autre qu'un ciel bleu et un franc soleil – un spectacle qui semble le narguer par tant de bonheur et de chaleur. Mais soudain, une traînée passe devant la longue-vue. Crochet la suit à distance et aperçoit Peter. La petite fée qui l'accompagne partout est là aussi mais, à sa grande surprise, le capitaine découvre trois autres enfants dans le sillage de l'infâme garçon.

– Tiens, tiens. Te voilà, gronde Crochet tel un chasseur repérant sa proie. Tranquille et libre… mais pas pour longtemps.

Abaissant sa longue-vue, l'homme soupire. C'est officiel, sa matinée est gâchée. Mais il existe peut-être un moyen d'y remédier.

M. Mouche reconnaît la lueur qui brille dans les yeux du capitaine. Comme on ne sait jamais à quoi s'attendre quand Peter Pan est de la partie, M. Mouche demande :

– Quels sont vos ordres, Capitaine ?

– Eh bien, tu vas l'inviter à prendre le thé, voyons ! répond Crochet.

– Vous entendez, vous autres ? s'écrie aussitôt Bill Jukes. Mettez l'eau à chauffer ! C'est l'heure du thé !

Un concert de cris monte de l'équipage. Les pirates savent pertinemment ce que le capitaine entend par « le thé ». Tous se dirigent vers les canons.

– Le thé ! répète M. Mouche d'un ton gourmand, car il n'a pas saisi le sous-entendu. Toujours une bonne idée, ça.

Et tandis qu'il rentre préparer la boisson, Bill Jukes vient s'adresser au capitaine. Il porte deux gros boulets de canon sous le bras.

– Un sucre ou deux ? demande le pirate.

Un sourire diabolique aux lèvres, Crochet réplique :

– Pourquoi ne pas lui donner le sucrier tout entier ?

Voilà, songe-t-il en regardant Jukes charger le canon, *voilà qui va rendre cette matinée beaucoup, beaucoup plus agréable.*

5
Les Enfants perdus

Wendy n'en revient toujours pas : elle est au Pays imaginaire ! Évoluant parmi de gros nuages cotonneux, elle prend une longue inspiration. L'air est plus doux que celui pollué de Londres. Ici, on n'est pas agressé par les cris des charretiers ni les piétons qui vous bousculent dans les rues bondées. Tout est beau, tout est paisible, on se croirait dans un conte de fées…

BOUM !

La jeune fille pousse un cri d'effroi quand un boulet de canon manque de la percuter. L'onde de choc la projette en arrière dans un tourbillon incontrôlable. Heureusement pour elle, Peter la saisit par la main avant qu'elle ne fasse une chute mortelle.

– Qu'est-ce que c'était ? demande Wendy, haletante.

– Des pirates ! répond son sauveur. Suivez-moi.

Et il se réfugie avec Wendy au cœur d'un énorme nuage, Michel et Jean sur leurs talons. Au-dessus de leurs têtes, un deuxième boulet fend l'air. Wendy et Peter ressortent de leur cachette et se retrouvent au-dessus d'une énorme colonne de roche surplombant les flots. Lorsqu'ils s'y posent, ils découvrent en contrebas une petite baie dans laquelle un navire apparaît au milieu du panache de fumée provoqué par la canonnade.

– C'est Crochet ! s'exclame Peter.

Jean et Michel échangent un regard inquiet.

– Le *capitaine* Crochet ? tente de clarifier Jean.

Peter hoche la tête et ajoute :

– Qui d'autre chercherait à me tuer de si bonne heure ?

Il a émis cette réflexion comme si être la cible d'une canonnade était aussi banal pour lui que prendre le thé ou se promener dans le parc.

La chose n'a en revanche *rien* de banal pour les enfants Darling. Et la nervosité de ces derniers augmente à mesure que les boulets se rapprochent. Les quatre jeunes gens volent de piton rocheux en piton rocheux, réussissant ainsi à échapper à la mort. Arrivés sur une corniche qui leur procure un abri, ils s'efforcent de reprendre leur souffle et de calmer leurs cœurs. Clochette en profite pour venir tinter à l'oreille de Peter tout en montrant la côte.

– Bonne idée, Clochette ! approuve Peter.

– Qu'a-t-elle dit ? demande Wendy.

– Qu'il n'y a qu'une chose sensée à faire : aller combattre ces pirates !

Wendy fronce les sourcils. Elle se tourne vers la fée, et constate que celle-ci lève les yeux au ciel. Une fois de plus, la jeune fille a la nette impression que Peter ne lui a *pas* répété les paroles exactes de son amie. Mais il lui semble aussi que Clochette a l'habitude de subir les assauts des pirates. Si la réalité est fidèle aux histoires que Wendy connaît, sur la rivalité opposant Peter et Crochet, elle sait que cela va se finir en duel. Peter va ridiculiser le capitaine, jouer à cache-cache avec lui, puis surgir de nulle part afin de le faire tourner en bourrique. Crochet finira par le débusquer et entrer dans une rage folle. Les canons cracheront leurs boulets ; les épées sortiront des fourreaux. Tout ceci n'est – du moins aux yeux de Peter – qu'un jeu.

Ignorant tout des pensées de Wendy, Peter dévoile son plan à ses nouveaux amis.

– Écoutez-moi bien, dit-il. C'est moi qui vais mener la charge. Vous trois, vous couvrirez mes arrières. Nous allons les attaquer de la proue à la poupe.

Il s'interrompt le temps d'observer le *Jolly Roger*. De son perchoir, Peter remarque

que Crochet a fait sortir le Long Tom. Ce gigantesque canon est le plus puissant de l'artillerie du capitaine. Mais Peter ne s'en émeut pas. Il reprend son exposé :

– Ils ne nous verront même pas arriver ! Pas de quartier, mais rappelez-vous : je me réserve le capi…

BOUM !

Le piton rocheux explose sous nos quatre amis, les projetant chacun dans une direction différente. Jean et Michel se cramponnent l'un à l'autre tandis que la fumée envahit le ciel. Wendy s'efforce de ne pas les perdre de vue, hélas l'explosion l'a envoyée dans la direction opposée. Le cerveau en panique et la vision troublée, la malheureuse tombe droit vers la mer.

– Songe à des pensées heureuses, songe à des pensées heureuses… se répète Wendy dans sa chute.

En vain.

La mer se rapproche à une vitesse inquiétante. Wendy a beau faire défiler les pensées dans son esprit, aucune ne lui permet de voler, si bien qu'elle finit par plonger la tête la première dans l'océan.

Ses vêtements gorgés d'eau l'entraînent vers le fond alors qu'elle-même tente de remonter à la surface. Au prix de gros efforts, la jeune fille réussit à sortir la tête hors de l'eau. Elle tousse, elle crache. Elle bat des bras aussi, mais en pure perte : elle ne peut pas nager dans cette robe qui l'alourdit. Wendy comprend qu'elle va finir par se noyer au large du Pays imaginaire. Mais, par chance, les vagues la rapprochent petit à petit de la côte. Alors elle cesse de bouger et se laisse porter. Quelques minutes plus tard, la mer la rejette sur une plage de galets.

Wendy s'assied sur les cailloux et se frictionne les membres. Elle n'a plus un seul grain de poudre de fée sur la peau. Elle est vivante, toutefois – et c'est un miracle.

Mais soudain, une pensée horrible lui vient à l'esprit.

– Jean ! Michel ! Peter ! s'écrie la naufragée.

Aucune réponse ne lui parvient. Son cœur se met à cogner fort, en même temps qu'elle imagine le pire. Où ont-ils tous atterri ? Sont-ils blessés ? Le boulet de canon les a-t-il touchés ? Sont-ils perdus, seuls et apeurés ?

Alors que ses pensées s'emballent, Wendy promène son regard sur les flots et, tout à coup, elle repère quelque chose. Son cœur se serre à mesure que la vision se précise : c'est le chapeau de Peter.

– Oh non ! souffle Wendy en récupérant le couvre-chef que les vagues lui apportent.

Derrière elle, elle découvre une colline d'où elle pourra mieux examiner les environs. Aussitôt, la courageuse jeune fille court se poster au sommet. La pente est raide et, lorsqu'elle parvient au sommet, elle est tout essoufflée. Elle scrute malgré tout l'horizon dans l'espoir d'apercevoir une trace de Peter, de ses frères, de Clochette ou même des pirates. Hélas, il n'y a pas âme qui vive. L'océan tout entier semble désert. Wendy est toute seule.

Sous le coup de l'émotion, la jeune fille s'écroule à genoux et réprime un sanglot. Que va-t-elle pouvoir faire, à présent ? Elle ignore où elle se trouve et ne pourra jamais quitter le Pays imaginaire sans la poudre de Clochette. Cette aventure ressemble de moins en moins à un rêve, et de plus en plus à un cauchemar.

Wendy sombre dans le désespoir, quand soudain, une bourrasque balaie la colline. Le souffle du vent lui ébouriffe les cheveux, procure un peu de fraîcheur à ses joues enflammées. Et, tout à coup, Wendy entend des bruits de sabots, portés par la brise. Se retournant, elle découvre une jeune fille qui gravit la colline sur le dos du plus bel étalon blanc qu'elle ait vu de sa vie. Comme l'inconnue se rapproche, Wendy constate qu'elle est plus âgée qu'elle-même, mais de peu ; la cavalière doit avoir 15 ou 16 ans. Ses cheveux foncés brillent au soleil, et son regard marron n'exprime que douceur quand il se pose sur Wendy. Cette fille dégage quelque chose de familier que Wendy n'arrive hélas pas à identifier. L'aurait-elle déjà vue quelque part ?

L'inconnue arrête sa monture et se met à parler à toute allure dans une langue que Wendy ne comprend pas, mais dans laquelle il lui semble reconnaître son prénom.

La cavalière finit par s'interrompre.

– Es-tu la fameuse Wendy ? demande-t-elle dans une langue que cette dernière comprend, cette fois.

L'intéressée sursaute. D'où cette fille connaît-elle son prénom ? Ont-elles donc déjà fait connaissance ? Elle en est encore à s'interroger lorsqu'elle constate que l'autre fille n'est pas seule. Huit enfants viennent se poster autour du cheval. Ce sont des garçons et des filles, portant des uniformes scolaires en piteux état. Il y en a même qui semblent être affublés de costumes d'animaux, comme Jean et Michel en portent pour Halloween.

– Es-tu la fameuse Wendy ? redemande l'inconnue.

– Je m'appelle Wendy, en tout cas, oui, répond l'intéressée sans prendre trop de risques.

L'un des enfants, une fillette, s'avance alors. Elle a le teint pâle et la mine dure, et porte un chapeau de lapin ainsi qu'un long manteau marron.

– La Wendy que Peter est allé chercher ? questionne-t-elle.

– La Wendy qui connaît les histoires du soir ? intervient un garçon d'environ 11 ans, à la peau brune, vêtu d'un manteau violet.

Wendy les regarde tour à tour. De quoi parlent-ils ? Où ont-ils appris tout cela ?

Ces enfants… elle a l'impression de les connaître ; tout comme elle a eu l'impression de connaître la jeune cavalière.

Au même instant, des jumelles, qui ne doivent pas avoir plus de 10 ans et arborent les mêmes boucles foncées et le même teint de peau marron, s'avancent. L'une porte un manteau rouge, l'autre un bleu. Malgré leur visage d'ange, c'est sur un ton sévère qu'elles déclarent :

– Parce que si tu ne connais pas les histoires, alors tu es une usurpatrice.

– Et tu sais comment nous traitons les usurpatrices, ajoute la fille au chapeau de lapin.

Pour mieux se faire comprendre, elle sort un couteau à la lame émoussée et sabre le vide.

Wendy lève aussitôt les mains et secoue la tête.

– Non ! Je connais des histoires ! Des tas d'histoires ! s'empresse-t-elle d'assurer.

Il faut dire que la lueur légèrement sauvage qui brille dans les yeux de la fillette ne lui dit rien qui vaille.

– Du calme, Curly… réclame la jeune cavalière.

Mettant pied à terre, elle va abaisser l'arme que brandit Curly. La tension retombe et Wendy comprend soudain d'où lui vient l'impression qu'elle connaît cette fille.

– Es-tu… Lily la Tigresse ? demande-t-elle.

– Tu sais comment je m'appelle ? s'étonne l'intéressée.

Les pièces du puzzle commencent à se mettre en place. S'il s'agit bien de Lily la Tigresse, la jeune fille issue d'une tribu du Pays imaginaire et qui vient souvent en aide à Peter dans les histoires que Wendy a entendues…

– Alors vous autres devez être… ajoute Wendy en se tournant vers le reste de la troupe.

– Les Enfants perdus, complète un garçon au teint de pêche.

Plus âgé que les autres, il doit avoir près de 13 ans et porte une veste verte ainsi qu'un tricorne marron.

Wendy observe le groupe en songeant à toutes les histoires qu'elle a pu entendre à leur sujet. Les voici à présent devant elle, aussi vivants que Peter lui-même. Elle les passe en revue, s'efforçant de les identifier grâce aux descriptions qu'elle connaît d'eux. Il y a donc Curly, la dure à cuire, Slightly, le garçon qui vient de parler, mais aussi Tootles, celui au manteau violet.

Wendy s'étonne toutefois de trouver des filles au sein de cette bande. Dans les histoires, les Enfants perdus étaient tous des garçons.

– Vous n'êtes pas que des garçons ? fait-elle remarquer.

– Et alors ? rétorque l'une des jumelles.

– Non, rien… Ça n'a pas d'importance, assure Wendy.

Une autre fillette, justement, s'avance à son tour. Wendy croit deviner qu'elle porte un manteau de feuilles. Elle s'appelle Birdie, et ses cheveux noirs sont noués en toutes petites tresses.

– Ce qui a de l'importance, en revanche, c'est ce que tu as fait à Peter, dit-elle.

– Mais je ne lui ai rien fait, proteste Wendy en secouant la tête. C'est lui qui m'a conduite ici. Avec mes frères…

– Tes frères !

Wendy baisse les yeux car ce cri de surprise est venu de très bas. À ses pieds ou presque, un petit garçon portant des lunettes et un costume de renard l'observe tout en lui nouant les lacets de ses souliers l'un à l'autre. Wendy réprime un sourire. Ce chenapan est forcément Nibs. Les histoires le décrivent comme un incorrigible farceur. Et il lui rappelle Jean et Michel.

– Peter n'a jamais parlé de frères, disent en chœur les jumelles.

Wendy s'étonne que les Enfants perdus s'émeuvent à ce point qu'elle ne soit pas venue seule.

– C'est ce que j'essayais de vous dire, enchaîne-t-elle. Nous volions dans le ciel quand, soudain, nous avons été attaqués.

– Attaqués ? répète Curly, intriguée, en haussant un sourcil.

– Par des pirates, insiste Wendy. Ils nous ont tiré dessus !

Comme pour prouver ses dires, elle montre le chapeau de Peter.

Quelques-uns des Enfants poussent des cris de stupeur, d'autres reniflent, le reste baisse la tête. Que Peter parte affronter le capitaine Crochet, ils y sont habitués. Mais qu'il semble être véritablement en danger, voilà qui est rare.

– Je le savais ! s'écrie Tootles en se grattant le nez. Je savais que ce n'était pas une bonne journée pour voler.

Slightly lui adresse un regard pour lui signifier de ne pas s'enflammer avant d'en avoir le cœur net.

– Télescope ! réclame Slightly.

Il s'empare du télescope que tenait le dernier Enfant perdu – un garçon d'environ 12 ans, au visage en partie dissimulé par un masque en bois. Wendy passe en revue les différentes histoires pour tenter de l'identifier. Qui peut-il bien être ? La Flèche ! Le nom lui vient brusquement. Elle se reconcentre aussitôt sur le présent, et observe Slightly qui court se poster tout en haut de la colline, le télescope en main… télescope qui n'est rien d'autre qu'un bâton creux.

– Tes frères, dis-moi… demande Slightly en scrutant l'horizon. À quoi ressemblent-ils ?

– Eh bien… il y en a un qui fait à peu près cette taille, répond Wendy en plaçant une main au niveau de sa hanche pour décrire Michel. Et l'autre cette taille, ajoute-t-elle en levant la main à hauteur de son épaule pour décrire Jean.

Elle explique également que Jean porte un haut-de-forme et que Michel est venu avec son ours.

– Un *vrai* ours ? la relance Tootles, visiblement intéressé.

Curly arrache le télescope des mains de Slightly afin d'observer le ciel.

– Les pirates, je confirme, annonce-t-elle avant de passer le télescope à Wendy.

– Mais je ne vois rien, se désole celle-ci après avoir porté le bout de bois à son œil.

Des murmures lui parviennent de la petite troupe : elle serait déjà trop âgée. Mais elle les ignore. Ce n'est pas sa faute si elle ne voit rien. Ce bâton n'est même pas un vrai télescope.

Nibs la tire soudain par la manche et lui dit :

– Mais si, tu peux voir. C'est juste que tu regardes mal.

Indiquant d'un geste le bâton, il encourage Wendy à réessayer.

Celle-ci inspire à fond puis place de nouveau l'objet devant son œil. Mais cette fois, elle s'efforce de voir ce que tous les Enfants perdus ont aperçu – quelque chose, n'importe quoi. Et, à sa grande surprise, ça marche. À l'autre bout du bâton, des images apparaissent.

– Je les vois ! s'exclame Wendy. Je distingue un bateau de pirates et... des pirates et...

Sa voix s'étrangle tout à coup.

Les pirates viennent de faire monter de force Jean et Michel à bord du *Jolly Roger*. Ses frères ont été capturés !

6

Prisonniers des pirates

– Par ici, les petits, lance M. Mouche par-dessus son épaule en entraînant Jean et Michel sur le pont du *Jolly Roger*.

Les deux garçons observent ce nouveau décor avec un mélange de peur et d'extase. De peur, surtout, en ce qui concerne Michel. M. Mouche culpabilise légèrement. Il n'aime pas faire de la peine aux enfants. Mais il aime encore moins en faire au capitaine Crochet. Or, quand il lui livrera ces deux garçons, le capitaine devrait être aux anges.

Mais avant cela, les prisonniers vont devoir cesser de traîner les pieds.

Espérant les encourager par des paroles aimables, M. Mouche ajoute :

– N'allez pas croire que vous êtes les premières demi-portions qu'on retrouve en pleine mer. J'ai sauvé le capitaine en personne quand il était à peine plus grand que vous.

Après avoir aidé M. Mouche et les garçons à se hisser à bord, les autres pirates forment à présent un véritable labyrinthe sur le pont, dans lequel il faut trouver son chemin. Parmi tous ces hommes et ces femmes, il y en a qui se réjouissent d'avoir capturé des prisonniers qui leur rapporteront peut-être une rançon, et d'autres que la présence des garçons agace.

– Il est joli, ton ours, dis donc ! s'exclame un pirate en regardant passer Michel. Tu l'as tué de tes mains ?

Terrifié, Michel serre sa peluche contre son cœur.

– Ne touchez pas à M. Ours ! s'écrie-t-il.

Au même instant, ils arrivent devant la cabine du capitaine, où une nouvelle porte attend d'être installée. M. Mouche jette un dernier coup d'œil aux enfants, puis s'éclaircit la voix et entre. Michel et Jean lui emboîtent le pas.

Assis à son pupitre, dans la pénombre de sa cabine, le capitaine Crochet est occupé à rédiger une lettre. Le phonographe joue un air d'opéra qui confère à cette pièce lugubre un peu de clarté. Un tout petit peu de clarté, seulement. Il flotte en effet dans l'air un mélange de fumée et d'encens. Entendant du bruit, Crochet lève les yeux et découvre M. Mouche qui lui amène deux jeunes garçons.

– Alors, monsieur Mouche, demande-t-il, qu'a donné notre petite « partie de thé » ?

Une fois de plus, M. Mouche entend mal les paroles et répond :

– Un bel été, assurément, il fait déjà chaud et...

– Notre « partie de thé », monsieur Mouche, le coupe Crochet. Avons-nous touché le gamin ?

Il a hâte d'avoir des nouvelles de son pire ennemi. L'attente est insoutenable. Et pour ne rien arranger, M. Mouche fait non de la tête.

– Oh ! Non, non, pas aujourd'hui. En revanche, nous avons repêché ces deux petits gars, et l'un d'entre eux est en possession d'un ours modeste, certes, mais potentiellement dangereux…

Michel et Jean, qui écoutaient jusque-là la tête basse, échangent un regard. Ces pirates croient-ils sincèrement que la peluche est dangereuse ?

M. Mouche fait ensuite remarquer que les deux naufragés sont peut-être des compatriotes d'un certain parasite volant. Mais Crochet ne l'écoute plus. Arrêtant le phonographe d'un geste brusque, il se lève et va se planter devant les deux frères terrifiés.

– Écoute, dit-il à Jean en le prenant par le menton. Entends-tu ce que j'entends ?

– Je ne crois pas… bredouille nerveusement le garçon.

Le capitaine secoue la tête. Les yeux écarquillés, il semble paniquer, tout à coup.

– Chut ! dit-il. Ça revient. Un très léger…

Sa voix s'estompe à mesure que la panique lui écarquille davantage les yeux. Crochet entend en effet un minuscule tic-tac qui le terrorise. Or cet homme déteste qu'on le terrorise. D'un coup de crochet, il arrache la poche du pyjama de Jean et en retire la montre de gousset. Il l'observe comme s'il craignait qu'elle le morde.

– Monsieur Mouche !

– Oui, capitaine ?

Crochet se tourne vers le pirate, la montre se balançant comme une folle à son crochet.

– Quelles sont les règles à bord de mon navire ?

Un doigt en l'air, M. Mouche répond :

– Elles sont comme tatouées sur mon cœur ! Règle numéro un : chaque pirate, lorsqu'il s'embarque à bord du *Jolly Roger*, se voit promettre au terme du voyage une partie du butin équivalant à…

– Non, non, le coupe Crochet. Commencez à la numéro trente-sept.

– Ah, bien, acquiesce M. Mouche. Tout à fait. Règle numéro trente-sept : personne ne devra prononcer le nom du gamin. Règle numéro trente-huit : interdiction de siffler. Et règle numéro trente-neuf...

Un trou de mémoire empêche le pirate de continuer.

Crochet n'a aucun mal à prendre le relais. Il jette par terre la montre de Jean.

– Aucune montre à bord ! gronde-t-il.

Après s'être assuré que l'objet est bien cassé, il se tourne vers les garçons.

– Alors, dites-moi, comment avez-vous fait pour venir jusqu'ici, au Pays imaginaire ?

– Nous sommes venus avec... commence Michel avant d'être interrompu par M. Mouche.

– N'oublie pas les règles ! lui souffle le pirate. Ne prononce pas son nom !

– Vos règles, on s'en moque ! rétorque Jean en tapant du pied, énervé d'avoir perdu sa montre. Nous sommes arrivés ici avec Peter Pan !

– Et il va venir nous sauver ! ajoute Michel en hochant la tête.

De l'endroit où devrait se trouver la porte parvient un cri étouffé. Les pirates ont entendu Jean prononcer le nom de Peter.

– L'ours est à moi quand il les aura exécutés, dit un homme.

Sans prêter attention à son équipage indiscret, Crochet scrute les deux garçons. Une lueur d'acier brille dans ses yeux à mesure qu'un plan se forme dans son esprit.

– Il va venir vous sauver, c'est bien cela ? demande-t-il.

Jean avale sa salive. La haine se diffuse par tous les pores de la peau du capitaine. La haine et autre chose, de beaucoup plus dangereux. Quoi que cet homme prévoie de faire, ce ne saurait être bon – ni pour son frère et lui, ni pour Peter. Ils auraient peut-être mieux fait de se taire.

– Ah, euh… probablement ? bredouille Jean pour tenter de rattraper sa bévue.

– En tout cas, on l'espère, ajoute Michel.

Un sourire – mais un sourire maléfique – étire les lèvres du capitaine Crochet. D'ordinaire, le mot « espoir » lui donne la nausée. Mais pas aujourd'hui. Aujourd'hui, il lui souffle une idée formidable : le moyen de se débarrasser de ces deux naufragés et, mieux encore, de Peter Pan, une bonne fois pour toutes.

– Vous pensez à ce que je pense, monsieur Mouche ? demande le maître du navire.

À l'extérieur de la cabine, les pirates réunis ne tiennent plus en place. Eux savent précisément à quoi songe leur capitaine.

– Il va les condamner au supplice de la planche… affirme Sam avec une jubilation qui détonne avec ses paroles.

Mais M. Mouche, lui, a une interprétation fort différente des pensées du capitaine.

– Qu'une tasse de thé serait la bienvenue ? suggère-t-il.

Au regard noir que lui renvoie Crochet, il tente une autre proposition :

– Que nous devrions profiter de cette occasion pour agir avec noblesse, et relâcher ces enfants sans leur faire le moindre mal ?

Les yeux du capitaine semblent à présent lui lancer des éclairs. Alors M. Mouche se résigne à l'évidence :

– Ou alors, nous pourrions les condamner au supplice de la planche.

Crochet se lève brusquement et déclare :

– C'est une belle journée pour cela, en effet, mais j'ai une meilleure idée.

Sur ce, il sort de sa cabine afin de s'adresser à son équipage.

– Secouez-vous ! lance-t-il. Mettez le cap sur le Rocher du Crâne.

De leur côté, Wendy, Lily la Tigresse et les Enfants perdus se tiennent au sommet d'une falaise de roche rouge. À l'aide du télescope, Curly épie les moindres faits et gestes des pirates. Et ce qu'elle voit ne lui plaît guère.

– Le Rocher du Crâne, dit-elle en regardant les voiles du *Jolly Roger* se dérouler, et le navire quitter le lagon en direction d'une formation rocheuse dont l'aspect évoque le nom qu'elle porte. C'est bien ce que je craignais.

Curly rend le télescope à Wendy, qui observe la scène à son tour.

– Oh non…

Sans un mot, la petite troupe redescend vers le pied de la falaise. La Flèche aide les plus petits à ne pas tomber, tandis que les autres se débrouillent seuls.

– Il n'y a qu'une raison qui puisse pousser les pirates à se rendre au Rocher du Crâne, déclare Lily la Tigresse.

Curly hoche la tête, une expression lugubre sur le visage.

– Une exécution, affirme-t-elle.

Wendy n'a pas besoin d'en entendre davantage. Jamais elle ne permettra que ses frères soient exécutés.

– Bon, eh bien, qu'attendons-nous ? Allons les sauver ! déclare-t-elle.

La proposition n'a hélas pas l'air d'emballer les Enfants perdus.

– Une mission de secours sans Peter Pan, ce n'est plus une mission de secours, murmure Nibs.

Slightly lui donne alors une tape dans le dos et réplique avec un grand sourire :

– Et Peter Pan sans ses Enfants perdus, tu crois que c'est mieux ? Du nerf, Nibs.

Lily la Tigresse acquiesce et enchaîne :

– Suivez-moi ! Je connais un raccourci.

Le groupe s'engage sur ses pas dans un tunnel situé non loin de là. Wendy jette un dernier regard en direction du Rocher du Crâne. Le *Jolly Roger* a jeté l'ancre, et elle distingue quatre canots en train d'être mis à la mer. À bord de l'un d'eux se trouvent ses frères. Et elle compte bien les sauver – avec Peter Pan ou non.

Wendy rattrape ses nouveaux complices au moment où ceux-ci pénètrent dans le tunnel. Il fait sombre et une odeur de terre humide monte aux narines. Lily frotte un silex contre une paroi rocheuse pour allumer sa torche. Sitôt que la flamme repousse les ténèbres, Wendy retient son souffle. Lily les a conduits dans une gigantesque caverne aux murs de roche brute et au sol de terre tassée. Un sentier serpente devant les enfants.

– D'ici, on peut se rendre où on le souhaite au Pays imaginaire, explique Lily la Tigresse. Il suffit de connaître le chemin.

À mesure que ses yeux s'habituent à la clarté vacillante de la torche, Wendy remarque que les parois de la grotte ne sont pas nues comme elle l'aurait cru. Au contraire, elles sont recouvertes de peintures. La jeune fille se rapproche et constate que bon nombre de ces œuvres représentent une cavalière à la tête d'un groupe de guerriers. Une cavalière qui lui semble familière.

– Lily la Tigresse… déclare Wendy en se tournant vers l'intéressée. Est-ce toi, sur ces dessins ?

– Non, répond Lily. C'est mon arrière-arrière-grand-mère. La cheffe de notre tribu. Celle qui nous a conduits au Pays imaginaire…

– Et la première fois où Crochet et ses pirates nous ont assiégés, elle a emmené tout le monde dans cette grotte pour les mettre à l'abri, enchaîne Curly en sautillant sur place.

De toute évidence, elle a entendu le récit de cet épisode plus d'une fois.

– Cela a été une époque horrible, commente Nibs d'une voix de vieux sage plutôt que de garçonnet.

– Jusqu'à ce que nous contre-attaquions, ajoute Lily.

Wendy contemple les peintures en s'efforçant de se mettre à la place des assiégés. Elle imagine qu'ils devaient ressentir les mêmes émotions qu'elle. La peur, mais aussi la détermination. Jamais elle ne laissera le capitaine Crochet faire du mal à ses frères, tout comme les ancêtres de Lily ont refusé de capituler devant lui.

Un soupir lui échappe.

– Pourquoi le capitaine Crochet est-il si méchant ? demande-t-elle.

Les Enfants perdus se bousculent presque pour lui répondre.

– Parce qu'il a grandi, affirme Tootles.

– Et, qu'en grandissant, il a mal tourné, précisent les jumelles.

– Il reste toutefois un expert du maniement de l'épée, note Birdie.

– Ce qui le rend d'autant plus redoutable, insistent les jumelles.

– Raison de plus pour laisser Peter s'occuper de lui, déclare Curly.

– Peter, que le capitaine déteste car il lui a tranché la main, rappelle Slightly.

– Lors d'un duel, complète Nibs. Et ensuite…

– Ensuite, il a donné sa main en pâture à un crocodile ? demande Wendy en se remémorant cet épisode que lui avait raconté sa mère. Sa main et la montre qu'il portait ?

– Tu savais, pour le crocodile ? s'étonne Tootles.

– C'est bien ce que dit l'histoire, non ? répond Wendy.

Nibs tape alors des mains, et le reste du groupe échange des regards ravis.

– Peter avait raison ! claironne Nibs. Tu connais bel et bien les histoires ! Pourrais-tu nous en raconter une, s'il te plaît ?

Wendy esquisse un sourire. C'est mignon, de la part de Nibs, de réclamer une histoire.

– Laquelle, par exemple ? le relance-t-elle.

– Chut ! s'impose Lily la Tigresse.

La petite troupe reste un moment sans trop savoir pourquoi ils se taisent, ou ce que Lily cherche à entendre. Et soudain, ils comprennent : des chants de pirates leur parviennent.

Ils approchent.

7
Un pirate pas comme les autres

Wendy et les autres débouchent sur une corniche qui domine l'intérieur du Rocher du Crâne. L'endroit est plus terrible que ce que Wendy aurait pu imaginer. Le magma a formé cette caverne il y a des milliers d'années, et d'innombrables stalactites et stalagmites d'un rouge vif parsèment les lieux. On dirait les crocs d'un monstre redoutable s'apprêtant à dévorer sa proie. Des marches ont été aménagées dans la roche afin d'accéder à la mer ainsi qu'à une grotte, qui a été inondée au gré des marées. La mer étant basse, un grand rocher plat évoquant un autel est visible au centre de la grotte. Des chaînes sont installées dessus et, à bien y regarder, Wendy aperçoit également des squelettes : les restes des malheureux qui ont été conduits à cet autel – et ne sont jamais repartis.

Détournant le regard à grand-peine, Wendy comprend en frissonnant que, si elle ne fait rien, ses frères risquent d'avoir de gros ennuis.

– Les voilà ! s'écrie-t-elle en repérant Jean et Michel.

Les pirates les font en effet débarquer de l'un des canots. Voyant ces brutes enchaîner ses cadets, Wendy frissonne encore.

– Oh non ! Et Michel qui ne sait même pas nager !

– Nous sommes en infériorité numérique, observe Lily la Tigresse.

Cela n'apaise en rien les craintes de Wendy.

– Comme d'habitude, ajoute Slightly en soupirant.

Wendy regarde tour à tour ses frères et les Enfants perdus. Ces derniers lui paraissent bien trop calmes. Pourquoi donc restent-ils les bras croisés ?

– Alors, que proposez-vous ? demande-t-elle.

– C'est simple, répond Curly. On attend que les pirates s'en aillent…

– La marée aura monté avant, note Birdie.

Tootles hausse les épaules et déclare :

– Ils doivent bien pouvoir rester noyés quelques minutes, non ?

– Non ! gémit Wendy. Même pas une seconde, enfin !

Ils vont devoir concocter un meilleur plan que celui-ci.

Mais lequel ? s'interroge Wendy. *Et où diable est passé Peter ?*

Le capitaine Crochet observe ses pirates qui enchaînent Jean et Michel à l'autel de roche. Le sinistre personnage a le sourire. Il aime qu'un plan se déroule sans accroc. Et celui-ci marche comme sur des roulettes. Ses hommes ont même réussi à enchaîner le précieux ours du plus petit des deux enfants. Peter n'aura bientôt pas d'autre choix que de voler à la rescousse de ces malheureux. Et le combat pourra commencer.

Mais en attendant, rien ne lui interdit de s'amuser un peu.

– La marée monte, mes petits naufragés, déclare le capitaine. À quoi allez-vous vous raccrocher… à votre espoir, ou à votre souffle ?

L'homme regarde de tous les côtés. La formule lui semble assez brillante, en toute modestie. Ce serait le moment idéal pour que Peter entre en scène. Comme celui-ci n'en fait rien, Crochet se tourne de nouveau vers les prisonniers.

– Vous ne pouvez pas nous tuer ! s'écrie Jean en se débattant avec ses chaînes. Nous n'avons rien fait de mal !

– Oh que si, réplique Crochet avec le plus grand sérieux. Vous avez été surpris en flagrant délit d'enfance, or nous ne tolérons pas les enfants au Pays imaginaire !

– Règle numéro quarante-quatre : pas d'enfants au Pays imaginaire ! dit M. Mouche, ravi de soutenir son capitaine.

Autour d'eux, les autres pirates hochent la tête et manifestent leur assentiment.

– Pas d'enfants au Pays imaginaire ! répète Bill Jukes.

– Pas d'enfants au Pays imaginaire ! l'imite Sam.

Un par un, les autres prononcent la phrase jusqu'à ce que la roche donne l'impression de trembler. Mais après la cinquième ou sixième fois, un grand maigre affublé d'une longue barbe modifie la formule et dit :

– Plein d'enfants au Pays imaginaire !

Le reste de la bande reprend la nouvelle phrase comme si de rien n'était.

Le capitaine Crochet impose aussitôt le silence à ses hommes.

Il leur adresse ensuite à chacun un regard noir pour tenter d'identifier l'auteur de la provocation. Avisant le grand maigre, il lui demande :

– Toi, là-bas ! Depuis quand fais-tu partie de mon équipage ?

Tout en parlant, il s'approche du pirate pour mieux le voir. Ce personnage est un drôle de numéro : il porte un bandeau à un œil, un faux nez en cuivre et une barbe particulièrement longue. S'il naviguait à bord du *Jolly Roger* depuis des mois, Crochet l'aurait déjà repéré.

C'est le moment que Bill Jukes choisit pour tirer d'un coup sec sur la barbe du plaisantin. Celle-ci s'arrache, révélant le visage juvénile de… Peter Pan !

– Pan ! s'exclame le capitaine, les yeux ronds comme des boulets de canon.

Sous les regards abasourdis du reste de l'équipage, Peter hausse les épaules et rétorque :

– Je dois dire que cela a du bon, finalement, la vie de pirate !

Vexé de s'être fait berner comme ses compagnons, Bill Jukes écrase son poing sur Peter. Mais celui-ci est vif comme l'éclair : il esquive le coup. Le chapeau qu'il portait – et sous lequel se cache Clochette – s'envole en laissant une traînée de poudre de fée.

– Cependant, je préfère de loin être moi-même ! complète le jeune héros en retirant son déguisement.

Aussitôt, la scène plonge dans le chaos. Les pirates hurlent à pleins poumons et se précipitent vers Peter en brandissant leurs épées. Celui-ci évite le premier assaillant avec une facilité déconcertante, et la brute finit sa course contre l'un de ses collègues. Peter n'a même pas besoin de se servir de son épée, il se contente de sauter en tous sens tandis que ses adversaires essaient en vain de l'attraper. Clochette lui prête main-forte en brillant de toutes ses forces afin de faire diversion. Laissant une partie de l'équipage pourchasser sa complice, Peter donne la chasse à l'autre. La situation a beau paraître tendue, le garçon qui ne voulait pas grandir arbore son plus beau sourire.

C'est ainsi qu'il finit par se retrouver sous la menace de Bill Jukes et de son harpon. Sans hésiter, Peter bondit sur l'arme et court le long de son manche. Il saute ensuite sur les épaules du pirate et le met à terre. Puis il éclate de rire. C'était trop facile.

Mais soudain, du coin de l'œil, il avise une lame s'apprêtant à le découper en deux. Le coup passe à quelques centimètres de Peter mais… tranche une patte de l'ours de Michel.

– Non ! s'écrie le garçonnet en regardant le membre plonger dans l'eau.

Peter pivote sur lui-même, galvanisé par ce petit drame, et il repart s'occuper des derniers pirates. Tout en maniant l'épée, il observe la scène avec satisfaction. Près de lui, Clochette bâille, comme si ce combat n'était qu'un jeu dont elle commençait à se lasser.

Sauf qu'il reste un ultime ennemi à affronter : le capitaine Crochet. Celui-ci a regagné son navire et observe Peter à distance. Pendant un court moment, les deux adversaires se contentent de se toiser.

– Capitaine Crochet ! finit par crier Peter. Vous m'avez l'air mal en point, mon vieux. Ne préféreriez-vous pas regagner votre lit ?

Le chef des pirates secoue la tête.

– Non, gamin, pas aujourd'hui. Car ce matin, en me réveillant, j'avais une chanson en tête. Sais-tu ce que disait le refrain ?

Comme Peter hausse les épaules en guise de réponse, Crochet se met à fredonner :

– *Aujourd'hui, Peter Pan va mourir !*

Le jeune héros ne s'en émeut pas. Il connaît la rengaine. Et puis, discuter l'ennuie. Il veut de l'action.

– Homme sombre et sinistre, préparez-vous à subir ma colère ! tonne-t-il.

– Jeune orgueilleux et insolent, défends-toi ! réplique Crochet.

Les deux adversaires dégainent leurs épées puis, dans ce qui ressemble à une chorégraphie bien rodée, ils se jettent l'un vers l'autre. Les lames se heurtent dans un fracas métallique et une gerbe d'étincelles.

Le duel commence.

8

Fini de jouer

Perchée sur une corniche dominant la baie, Wendy bout de colère. Elle en a assez de ce spectacle que ses alliés et elle se contentent d'observer. Au début, elle a crié de joie avec les autres en voyant Peter apparaître et éliminer les premiers pirates. Mais comme il ne vient pas en aide à Michel – ni à son pauvre ours blessé – la jeune fille finit par s'indigner.

– Qu'attend-il pour les sauver ? demande-t-elle en voyant la marée monter. Il n'aura qu'à s'occuper de Crochet plus tard !

– Exact, répondent en chœur les jumelles avant de hausser les épaules. Mais c'est bien mal le connaître.

– Crochet passe toujours en premier, confirme Curly.

Lily la Tigresse vient alors poser une main sur l'épaule de Wendy. Quand celle-ci tourne la tête, leurs regards se croisent et les deux filles se comprennent sans parler.

– Suis-moi, décide ensuite Lily.

Wendy regarde tour à tour Peter et ses frères. Peter entraîne le capitaine aux quatre coins de la grotte sans paraître se rendre compte du danger que courent Jean et Michel. Wendy fronce les sourcils en les voyant croiser le fer.

– C'est le drame de ta vie, gamin, dit le capitaine. Tu ne grandiras jamais, j'en conviens, mais ta force n'augmentera jamais non plus.

Peter éclate de rire puis rétorque :

– Je suis bien content d'être moins fort si cela m'évite d'être un triste sire tel que vous.

Je parie que vous pleurez toutes les nuits en attendant que le tic-tac s'arrête !

Wendy secoue la tête, agacée. Que Peter prenne tout ceci à la rigolade si cela lui plaît, mais elle, elle va sauver ses frères. Elle inspire à fond puis descend la paroi rocheuse à la suite de Lily la Tigresse. La roche est à pic, il serait facile de tomber, alors Wendy progresse à gestes lents et méticuleux, en s'inspirant de Lily, plus experte qu'elle.

Quand enfin les deux filles arrivent au pied de la paroi, Wendy pousse un soupir. Une partie d'elle voudrait faire une pause. Mais Lily bondit déjà sur les rochers, le regard rivé sur Michel et Jean. Alors Wendy emplit de nouveau ses poumons et lui emboîte le pas.

Lorsqu'elle distingue les visages effrayés de ses frères, et le niveau de l'eau qui monte, elle accélère et rattrape bientôt Lily. Toutes deux parviennent en même temps à l'îlot central. Elles ont réussi.

Il ne leur reste plus qu'à libérer les condamnés.

– Jean ! Michel ! s'écrie Wendy en courant les serrer dans ses bras.

Hélas, les malheureux ont déjà de l'eau jusqu'à la poitrine.

– Wendy ! s'exclament-ils à l'unisson, ravis de revoir leur aînée.

– Regarde ce qu'ils ont fait à M. Ours ! ajoute Michel en montrant la peluche blessée.

Wendy esquisse une moue compatissante mais fait ensuite signe à ses frères de se taire. Ils ne doivent surtout pas attirer l'attention. Pendant ce temps, Lily la Tigresse en profite pour tenter de briser leurs chaînes. Sans résultat, malheureusement. Elles sont trop grosses et rouillées.

Tout à coup, un tintement familier attire l'attention de Wendy.

– Clochette !

La petite créature a dû entendre Lily et se précipiter à son secours.

– Peux-tu nous aider ?

Clochette répond par un tintement qui signifie « oui ».

Wendy pousse un soupir de soulagement en voyant la fée inspecter les chaînes. Clochette sourit ensuite quand elle repère le cadenas, dans lequel elle glisse sa petite main avant d'effectuer des mouvements du poignet. La serrure s'emplit de poudre de fée. À l'instant où le mécanisme brille d'une teinte dorée, Clochette serre les dents et force la serrure. Lentement, celle-ci se met à bouger, puis elle cède. Les garçons – et l'ours – sont libres !

– Victoire ! claironne Wendy sans plus se soucier d'être discrète.

Peter entend sa voix et les repère enfin, Lily et elle.

– Wendy ! s'exclame-t-il. Tu es encore en vie !

Hélas, la jeune fille n'a pas le temps de lui confirmer l'évidence, ni de lui reprocher d'avoir été trop absorbé par son duel pour le remarquer. Car au même moment, Crochet s'empare de l'ombre de Peter et la secoue violemment. Peter s'écroule, et le capitaine lui écrase son pied sur la poitrine avant qu'il ne puisse se relever.

– Ha ! se délecte le méchant. Je te tiens ! J'ai gagné !

Clochette vole au secours de Peter, mais elle se fige quand le pirate pointe son épée sur la gorge du garçon.

– N'y songe même pas, la fée.

– Voilà de bien mauvaises manières, Capitaine Crochet, déclare Peter aussi calmement que si sa vie n'était pas menacée.

– Mes mauvaises manières, c'est de toi que je les tiens, rétorque le pirate après un éclat de rire.

– Ne faites pas le modeste, réplique Peter. Vous avez toujours été un minable. Un vulgaire poisson pourri bien puant.

Un très court instant, l'insulte semble atteindre sa cible : Crochet a l'air d'un petit garçon blessé. Même de loin, Wendy s'en aperçoit. *Combien de fois Peter et le capitaine ont-ils eu cette conversation ?* se demande-t-elle. *Combien de fois Peter a-t-il prononcé ces mêmes mots ?* Mais elle n'a pas le temps de s'interroger davantage, que Crochet se ressaisit.

– Tes paroles ont percé mon cœur pour la dernière fois, déclare-t-il. Je vais enfin pouvoir te répondre avec mon épée.

Sur ce, il brandit sa lame.

– Frappez, dans ce cas, le provoque Peter. Si vous en avez le courage, et si vous savez viser. Car mourir…

– Serait une fantastique aventure, complète Crochet en baissant son arme.

Wendy plisse les paupières. Aurait-elle vu juste ? Le pirate a-t-il deviné ce que Peter allait dire ?

– Stop ! ordonne-t-elle.

Les parois de la grotte renvoient l'écho de sa voix, donnant l'impression que cent Wendy réclament qu'ils arrêtent.

Et ça marche. Crochet abaisse légèrement son épée et se tourne vers Wendy. Lui aussi plisse les yeux.

– Qui es-tu ? demande-t-il. Je ne t'avais jamais vue au Pays imaginaire.

Wendy en a la gorge nouée. Elle a crié sans réfléchir. Tout ce qu'elle voulait, c'était épargner Peter. Mais maintenant, tous les regards sont braqués sur elle.

– Je, euh… bredouille-t-elle.

– C'est Wendy ! révèle à sa place Curly.

– Wendy ? Comment ça, *Wendy* ? réplique Crochet, un peu perdu.

– Je m'appelle Wendy Moira Angela Darling, affirme Wendy, encouragée par l'intervention de Curly. Et là d'où je viens, à Londres, un gentleman ne s'attaque pas à un enfant.

– Eh bien moi, reprend le pirate sur un ton méprisant, moi, je suis…

– Le capitaine Crochet, le coupe Wendy. Je sais.

– Et nous sommes au…

– Pays imaginaire.

Crochet accélère pour ne plus être interrompu :

– Et cet enfant n'est pas un enfant. Pas plus que je ne suis un gentleman. Alors tu peux lui faire tes adieux car jamais plus tu ne le reverr…

Hélas, le capitaine n'a pas le temps d'achever sa phrase, qu'un *tic* retentissant l'en empêche.

Un éclair de colère passe dans son regard.

TAC !

Crochet baisse les yeux, soudain nerveux. Ce tic-tac semble provenir de la roche même sur laquelle il se tient.

TIC-TAC !

Le capitaine angoisse, il se met à taper du pied. À sa grande horreur, le sol tremble. Presque aussitôt, le rocher s'élève hors de l'eau, révélant sa véritable nature : c'est en réalité un monstrueux crocodile au corps couvert de coquillages. Et Crochet se tient en équilibre sur sa tête.

– Waouh… souffle Jean.

– Ça, c'est un gros… commence Michel.

C'est alors que l'animal écarte ses mâchoires immenses. Les jambes du pirate, plantées de part et d'autre de la gueule du crocodile, suivent le mouvement. Et le tic-tac forcit encore, du fin fond de l'estomac de la bête. Crochet blêmit de peur face à ce bruit et à la gravité de la situation.

Tout espoir semble perdu, quand soudain, un membre d'équipage, Sam, apparaît à quelques mètres de son chef. Son harpon en main, il vise le monstre. Celui-ci n'a pas l'air plus impressionné par les cris que pousse le pirate que par son arme. Projetant le capitaine à bonne distance, il fouette Sam avec sa queue puis se jette sur lui et n'en fait qu'une bouchée.

Sous les regards paniqués des autres pirates, Crochet parvient à se hisser sur une corniche. Et lorsqu'il se retourne, il constate que le crocodile, mis en appétit, se dirige vers lui afin de poursuivre son repas. Mais soudain, M. Mouche adresse de grands signes à son maître depuis l'entrée du tunnel, et le capitaine court le rejoindre.

Peter en profite pour se relever et retrouver les enfants Darling et Lily la Tigresse.

– Donnons-nous la main, vite ! ordonne-t-il.

Aussitôt dit, aussitôt fait. Peter décolle en direction d'une ouverture située au sommet du Rocher du Crâne. De leur côté, les Enfants perdus courent se mettre à l'abri sur le sentier extérieur.

Ils n'ont plus rien à craindre... pour le moment.

Le capitaine Crochet est en sécurité lui aussi, après avoir échappé de justesse aux dents du crocodile. Le malfaisant personnage a réussi à rejoindre M. Mouche et il poursuit sa course. Autour de lui, c'est la débandade : ses pirates fuient comme ils le peuvent, à toutes jambes ou à la nage. Pendant ce temps, les coups de queue et les claquements de mâchoire du monstre résonnent dans la caverne. Avisant un canot à l'entrée du Rocher, le capitaine n'hésite pas un instant. Il se jette dessus et atterrit... juste à côté.

Il se hisse à bord et se met à ramer vers la sortie au moment même où M. Mouche le rejoint. Hélas, le crocodile les poursuit toujours. Mais les fuyards réussissent à lui échapper de justesse en se glissant dans une étroite ouverture de la roche. Ne pouvant les suivre, le crocodile en est réduit à claquer des mâchoires pour évacuer sa rage.

Posté au sommet du Rocher du Crâne, Peter observe son vieil ennemi. Wendy, elle, regarde Peter en secouant la tête. Elle s'étonne de lui trouver l'air fanfaron. Car franchement, elle ne voit pas quelle raison il pourrait avoir d'être content de lui.

Peter se tourne vers ses amis et leur demande :

– On s'est bien amusés, non ?

Wendy ne peut retenir son geste : elle le gifle – fort. C'est *amusant* de risquer la vie de ses frères ? C'est *amusant* d'affronter des pirates armés, un crocodile affamé ? À ses yeux, non, sûrement pas. Secouant la tête, elle rejoint Lily la Tigresse qui s'en va à la tête de la troupe.

Dans son dos, Peter fronce les sourcils, une main plaquée sur sa joue endolorie.

Durant leurs jeux, les enfants Darling aiment se mettre dans la peau de leur héros, Peter Pan, et de son ennemi juré, le capitaine Crochet.

Mais une nuit, en jouant, ils brisent un miroir dans leur chambre d'enfants.

M. Darling gronde ses enfants, en particulier Wendy, qui devrait être la plus responsable.

Wendy doit quitter la maison le lendemain pour aller en pension, mais elle explique à sa mère qu'elle n'est pas sûre d'être prête à grandir.

Peter Pan et la fée Clochette entendent le vœu de Wendy et emmènent les enfants au Pays imaginaire ! Une attaque du capitaine Crochet sépare Wendy du reste du groupe, mais elle rencontre la courageuse Lily la Tigresse, avec qui elle devient amie.

En plus de Lily la Tigresse, Wendy fait la connaissance des Enfants perdus, les amis fidèles de Peter Pan.

Le groupe se rend au Rocher du Crâne pour sauver les frères de Wendy des griffes du capitaine Crochet. Heureusement, Lily la Tigresse connaît un raccourci à travers les grottes.

Peter Pan fait son apparition et défie Crochet ! Les enfants s'échappent et se rendent au repaire des Enfants perdus et de Peter Pan.

Les Enfants perdus pensent à leurs familles, qu'ils ont oubliées et qui leur manquent. Wendy les réconforte avec une berceuse. Crochet entend la voix de Wendy au loin... et décide de la suivre.

Abattu, Peter se confie enfin à Wendy et lui révèle que Crochet et lui étaient amis, auparavant ! C'est alors que Crochet découvre le repaire des Enfants perdus. Peter et lui se battent en duel... et, à la stupéfaction générale, Crochet gagne !

Crochet capture les enfants. C'est alors que Wendy prend les choses en main ! Peter réapparaît, et le groupe défait le capitaine Crochet. Peter Pan raccompagne les enfants chez eux, à Londres.

9

APRÈS LA BATAILLE

Quelques instants plus tard, Peter se masse encore la joue. Le petit groupe a quitté le Rocher du Crâne et rejoint les Enfants perdus. Tous cheminent à présent sur les hautes terres. Plus ils s'éloignent du rivage et de la terrifiante grotte, plus l'atmosphère s'adoucit. Mais pas Wendy. La jeune fille en veut encore à Peter, et tous deux continuent de se chamailler.

– C'était une *aventure* ! se défend Peter. C'est bien ce que tu voulais, non ?

Wendy serre les poings et réplique :

– Oui ! Mais je ne pensais pas que des pirates nous tireraient dessus…

– Ou qu'ils tenteraient de nous noyer, ajoute Jean.

– Ou de nous démembrer, enchérit Michel en serrant son ours contre sa poitrine.

La peluche est dans un piteux état, maintenant.

Peter observe les trois enfants Darling puis il hausse les épaules. Il semble être à court d'arguments, ce qui ne fait qu'enrager davantage Wendy. C'est alors que Clochette se met à tinter.

Wendy pousse un soupir de frustration.

– Oh, mais qu'est-ce que tu racontes, Clochette ? râle-t-elle.

– Elle raconte que je vous ai sauvé la vie, révèle Peter, tout heureux de traduire les paroles de la fée.

Celle-ci arque un sourcil, visiblement surprise. Puis elle tinte un autre message.

Mais Peter et Wendy ne l'écoutent déjà plus.

– Tu nous as plus ou moins sauvés, tempère Wendy, les bras croisés et le menton relevé. *Plus ou moins.*

Peter hoche la tête en ignorant la nuance.

– Et j'ai fait de l'excellent travail, affirme-t-il.

– C'est ça, ironise Wendy en roulant les yeux. Sans l'aide de personne, surtout.

– Absolument. Je suis Peter Pan. Je n'ai jamais besoin de personne.

Wendy lève les mains au ciel en signe d'impuissance. Peter n'a-t-il réellement rien vu des interventions de Lily, des Enfants perdus ou de Clochette ?

– Tu as à tes côtés une fée qui te permet de voler, rappelle-t-elle. Crois-tu vraiment que tu pourrais vaincre le capitaine Crochet par tes propres moyens ?

La question vexe Peter – et l'étonne un peu, aussi. De toute évidence, il n'a pas l'habitude d'être contredit.

– Je le bats chaque fois. C'est dans l'ordre des choses. Depuis toujours, et pour toujours.

– Et que se passera-t-il si ça change ? intervient Lily.

Chevauchant son bel étalon blanc, elle vient de formuler la question qui brûlait les lèvres de Wendy. Peter lui renvoie un regard noir, auquel la Tigresse répond par un simple haussement d'épaules. Sa question choque également les Enfants perdus, qui échangent des regards perplexes avant de se tourner vers Peter.

– Ça n'arrivera jamais, dis, Peter ? demande Nibs d'une voix nerveuse.

Le jeune héros hésite. *La question l'aurait-elle touché ?* s'interroge Wendy. Mais aussitôt, Peter chasse ces doutes d'un geste de la main.

– Mais non, enfin, affirme-t-il. Au Pays imaginaire, rien ne change jamais. Et surtout pas moi.

Sur ce, Peter s'élève dans les airs et disparaît en vitesse. Clochette s'attarde avec le reste du groupe, observant tour à tour Wendy et le sillage laissé par le garçon. Elle décide ensuite de le suivre.

Wendy soupire. Son but n'était pas de fâcher Peter. Cependant, il est le chef de cette bande. Il devrait assumer la responsabilité de ses actes. Elle reprend sa marche jusqu'à ce que la voix de Tootles, tout près d'elle, la fasse sursauter.

– Ce n'est pas vrai, ce que Peter a dit, tu sais, chuchote le garçon en scrutant de tous côtés comme s'il craignait d'être entendu. Des changements, ça arrive, parfois.

– Chut ! le fait taire Slightly.

– On n'est pas censés en parler, ajoutent les jumelles.

Wendy n'est pas sûre de comprendre.

– De quoi n'est-on pas censés parler ? demande-t-elle.

Aucun enfant ne répond. Au lieu de cela, ils partent en courant pour mieux fuir ce sujet tabou. Tous... à l'exception de Curly.

Perchée sur la pointe des pieds, celle-ci souffle à l'oreille de Wendy :

– Crochet n'a pas toujours été Crochet.

Et avant même que Wendy ait pu comprendre ses paroles, Curly file à son tour. *Qu'est-ce que cela veut dire ?* s'interroge la jeune fille en suivant les Enfants perdus d'un pas lent.

Le découvrira-t-elle un jour ?

Le capitaine Crochet est de mauvaise humeur. Épuisé, aussi, après avoir échappé de justesse aux crocs d'un monstre dévoreur d'hommes.

Autour de lui, sur la plage, les autres rescapés du Rocher du Crâne sont trempés de la tête aux pieds, ils ont les yeux rougis à cause de l'eau de mer, mais enfin, ils sont en vie. Or on ne peut pas en dire autant de tout l'équipage. Recrachant un filet d'eau salée, Bill Jukes observe Gurley, qui attache la patte arrachée de l'ours en peluche à un cordon qu'il se passe ensuite autour du cou.

– Plus jamais, monsieur Mouche ! gronde le capitaine sans prêter attention à ses autres hommes. Plus jamais je ne subirai pareille humiliation.

– On connaît le refrain, dit M. Mouche en essorant sa ceinture.

Crochet plisse les paupières mais décide d'ignorer le sarcasme de son second. Levant le bras droit, il s'exclame :

– Mon crochet est en train de rouiller !

– Il est juste un peu humide, assure M. Mouche pour tenter d'apaiser son chef.

Mais celui-ci ne l'entend pas de cette oreille. Il ne veut pas se calmer. Ce qu'il veut, c'est regagner son bateau. Hélas, il se rappelle brusquement que le crocodile est là, quelque part, aux aguets, prêt à passer à l'attaque.

Lorsque Crochet interroge M. Mouche à son sujet, le vieil homme secoue la tête et déclare :

– Aucun signe de sa présence, Capitaine.

– Comme le gamin, ajoute Crochet en constatant que son second a dit vrai. La journée avait pourtant si bien commencé.

M. Mouche esquisse un geste d'impuissance. Cet éternel optimiste s'efforce toujours de voir le bon côté des choses. Tout l'inverse de Crochet.

– Demain est un autre jour, Capitaine, suggère-t-il justement.

– Non ! tonne Crochet d'une voix qui effraie le reste de l'équipage. Pas question de remettre ma vengeance à demain. Je veux l'assouvir ce soir ! Nous allons regagner le navire et…

– Si je peux me permettre, Capitaine… l'interrompt M. Mouche, un doigt levé.

Mais le pirate ne l'écoute même pas. Il est obsédé par son nouveau projet.

– Nous allons nous préparer à attaquer…

– Le gamin… il vit sur la terre ferme, indique M. Mouche.

Crochet acquiesce et lève les yeux au ciel. Oui, le gamin vit sur la terre ferme. Il le sait parfaitement. M. Mouche le prendrait-il pour un sombre crétin ? Son plan diabolique consiste à attaquer Peter quand celui-ci s'envolera au petit matin.

– La terre ferme, insiste M. Mouche, où nous nous trouvons en ce moment même.

Crochet interrompt subitement ses réflexions. Baissant les yeux, il constate qu'il se trouve en effet sur la terre ferme. Du sable humide, pour être précis, mais peu importe. Il braque son regard sur M. Mouche, plisse les paupières et ordonne :

– Je t'écoute.

Le vieil homme ravale la boule d'angoisse coincée dans sa gorge. Il n'est pas habitué à ce qu'on l'écoute. Tripotant nerveusement sa ceinture, il tente d'exprimer les pensées qui défilent dans son esprit.

– Alors voilà, je me disais, vu que nous sommes sur la terre ferme et que le gamin s'y trouve aussi : où peut-il bien être ?

Et j'ai pensé, bon, moi, je n'en sais rien, mais je parie qu'une certaine personne doit le savoir. Quelqu'un qui se rappelle peut-être…

– Qui ça ? le coupe Crochet, impatient de connaître la réponse.

M. Mouche cesse de tripoter sa ceinture. Il observe le capitaine comme s'il attendait qu'il devine par lui-même. Hélas, Crochet le fixe toujours d'un regard vide. Alors M. Mouche finit par répondre :

– Mais enfin, Capitaine, c'est *vous.*

Crochet redresse violemment la tête. Son cerveau analyse ce que vient de dire M. Mouche. Ce n'est pas si bête. Il tient peut-être le moyen de localiser le gamin et de mettre un terme à ce petit jeu une fois pour toutes.

10
Au repaire des Enfants perdus

Clochette guide la petite troupe à travers la forêt dense où les scintillements de sa poudre de fée illuminent le chemin. Les Enfants perdus marchent en file indienne derrière elle, suivis par Jean et Michel. Wendy ferme la marche sans lâcher ses frères du regard. Elle progresse d'un pas nerveux et hésitant, au contraire des Enfants perdus qui ont manifestement l'habitude de ce sentier invisible.

La piste prend fin brusquement au pied d'une paroi rocheuse recouverte de mousse. Sur cette dernière, une vieille porte en bois gondolée semble être aussi âgée que la roche.

– Quel est cet endroit ? demande Jean.

– Notre maison, répond Curly.

Les enfants Darling penchent la tête en arrière afin de regarder le sommet de la paroi. Dans la pénombre, ils distinguent tout juste les contours d'un immense manoir. Wendy devine qu'il s'agit d'une bâtisse imposante. Un château plutôt qu'une maison, doté d'une énorme tour en pierre aussi haute que les arbres.

– C'est *ici* que vous vivez ? s'étonne Jean.

– Quand l'envie nous prend, dit Slightly en haussant les épaules.

Les yeux écarquillés, Wendy franchit la porte à la suite du groupe mais remarque que Lily la Tigresse reste en arrière. Elle a du mal à déchiffrer son expression dans l'obscurité. Seul son cheval blanc est visible.

– Tu ne viens pas ? demande Wendy, croyant que les Enfants perdus et elle étaient inséparables.

– Non. Ici, c'est leur maison, pas la mienne. Ni la tienne, d'ailleurs, je pense.

Les paroles de la jeune fille prennent Wendy par surprise. Lily semble avoir lu dans ses pensées.

– Je ne sais pas où se trouve ma maison, au juste, confesse Wendy. Ni où je voudrais qu'elle soit.

– Ça viendra, lui assure Lily.

Sur ce, la Tigresse met pied à terre et caresse l'encolure de son étalon. Quand ensuite elle reprend la parole, c'est d'une voix à la fois douce et grave :

– La première fois que je suis sortie seule à cheval, ma grand-mère m'a dit : « Sens le sol sous tes pieds, afin que tes yeux puissent trouver les étoiles. Garde le passé en ton cœur, mais sache qu'à présent, le choix du chemin à suivre n'appartient qu'à toi. »

Wendy observe, comme Lily, le ciel piqueté d'étoiles. Toutes deux gardent le silence. Tout à coup, Wendy entend les bruissements des animaux dans les bois ainsi que le doux murmure du vent dans les arbres. La grand-mère de Lily avait raison. En regardant le ciel, Wendy se sent ancrée dans le sol. Cela dit, elle n'est toujours pas sûre de savoir où son cœur l'entraîne – du moins, pas encore.

– Merci, dit-elle enfin. Merci d'être venue à mon secours, tout à l'heure.

Lily la Tigresse éclate d'un rire qui contraste avec le silence des bois.

– C'est *eux* qui ont besoin de mon aide, rectifie-t-elle en montrant la porte. Pas toi. Quand leur monde paraîtra sens dessus dessous, tu devras le remettre à l'endroit.

Sur ces paroles mystérieuses, Lily remonte en selle. Son magnifique étalon se cabre, secoue la tête et hennit.

– Passe une bonne nuit, Wendy Moira Angela Darling. Et à très bientôt.

Sans un mot de plus, Lily disparaît au galop dans la nuit.

Wendy la suit du regard en s'efforçant d'analyser tout ce qui lui est arrivé durant son court séjour au Pays imaginaire. Elle croit voir en Lily une amie, or elle déteste les adieux. Se tournant vers la porte en bois, elle soupire. Au loin, elle perçoit l'écho d'un rire et repère la lueur d'un feu.

Sans trop savoir où ses pas vont la mener, elle décide d'aller découvrir ce que cache cette porte. Qui sait, elle trouvera peut-être une réponse ?

Wendy chemine dans un long couloir sinueux et sombre. La faible lumière qui brillait à la porte s'est vite estompée. Le souffle court, la jeune fille presse le pas en suivant la lueur qui vacille au-dessus de sa tête.

Wendy n'a jamais trop aimé l'obscurité. À cause des histoires, peut-être. Ou de son imagination débordante. Toujours est-il qu'elle associe le noir à des monstres tapis sous son lit ou dans le placard. Le couloir commence à lui paraître un peu trop effrayant, et elle est sur le point de hurler, quand soudain, le calvaire prend fin.

À l'instant où Wendy ressort du couloir, ses craintes font place à l'émerveillement. Elle pénètre dans l'endroit le plus fabuleux qu'elle ait jamais vu : le repaire des Enfants perdus. Le couloir mène dans le château aperçu de l'extérieur. Et il est tout aussi époustouflant de l'intérieur.

Le seul mot qui lui vienne à l'esprit pour le décrire est « grandiose ». Des arbres poussent à même le plancher et passent ensuite par les immenses fenêtres qui encadrent la salle principale du château. Les pierres sont couvertes de mousse et des lianes pendent au plafond, créant des balançoires naturelles. Au centre de l'espace, un escalier en colimaçon permet d'accéder à la tour. L'ensemble paraît tout droit sorti d'un conte de fées, c'est un château en dehors du temps – mais où les Enfants perdus ont élu domicile. D'autant qu'avec toutes ces lianes, ces arbres et ces pierres à escalader, l'endroit forme une espèce de cour de récréation géante. La demeure idéale pour une bande d'enfants n'ayant pas d'autres règles à suivre que les leurs.

Entendant un cri de joie, Wendy se retourne au moment où Tootles dévale une tyrolienne artisanale et atterrit à ses pieds, un sourirc aux lèvres.

– Comment avez-vous trouvé cet endroit ? l'interroge Wendy.

– C'est Peter, répond le garçon. C'est lui qui m'a amené ici, comme il a amené les autres…

– Tout comme il m'a amenée, moi, ajoute Wendy en hochant la tête.

– Exactement, confirme Tootles.

Puis il fait signe à Wendy de le suivre et l'entraîne dans une pièce voisine. Tout aussi vaste, celle-ci est réchauffée par un feu de cheminée qui étire des ombres sur les murs, auxquels sont accrochés de vieux portraits à moitié effacés. Au centre de la pièce, Peter trône dans un énorme fauteuil à la toile toute déchirée, mais majestueux malgré tout. Autour de lui, Wendy aperçoit ses frères. Michel se tient auprès du mystérieux La Flèche. Toujours masqué, celui-ci est en train de « greffer » une cuillère à l'ours de Michel en remplacement de sa patte. Il remet ensuite la peluche à son propriétaire, qui la serre dans ses bras.

– M. Ours te remercie du fond du cœur ! déclare Michel.

Un sourire fugace se devine sous le masque de La Flèche, et Jean en profite pour tendre sa montre au garçon.

– Tu penses pouvoir la réparer, elle aussi ? demande-t-il.

La Flèche prend la montre et l'examine sous tous les angles. Elle est cassée, les aiguilles ne tournent plus. Le garçon l'inspecte avec le plus grand sérieux, la tâte avec la plus grande délicatesse. Puis il lève les yeux vers Jean et hoche la tête. Jean lui sourit, visiblement soulagé. Wendy sait qu'il angoissait de devoir rendre cette montre à leur père en si piteux état. Elle aussi se réjouit que La Flèche puisse la réparer.

Détournant son regard de ses frères, Wendy constate que la montre n'est pas la seule à avoir besoin d'être réparée. La grande salle mériterait un bon coup de balai. Mais soudain, elle remarque un détail peu banal dans toute cette pagaille. Les objets qui jonchent le sol et les meubles sont en réalité les vestiges de l'enfance des Enfants perdus. Il y a là un soldat de plomb, ainsi qu'une poupée de chiffon et un vieux magazine avec un bateau de pirates en couverture. Au moment où Wendy s'apprête à le ramasser, Curly la retient.

– Dis, Wendy… tu pourrais nous raconter une histoire ? demande-t-elle.

– Oh oui ! s'exclament les jumelles. Des histoires du soir !

– On attend ça depuis une éternité, ajoute Nibs.

Un sourire aux lèvres, Wendy va s'installer devant la cheminée. Les enfants s'empressent de la rejoindre, se bousculent pour être au plus près d'elle. Certains assis, d'autres à genoux, tous ont hâte d'entendre l'histoire.

– Je pourrais vous en raconter une, c'est vrai, déclare Wendy quand tout le monde est installé. Mais en réalité, je me disais que… *Peter* pourrait peut-être commencer.

Surpris, Peter lève les yeux. Son regard oscille entre Clochette et Wendy, puis le garçon hausse les épaules comme si la suggestion tombait sous le sens et qu'il l'acceptait de bon cœur.

– Une histoire qui parle de quoi ? demande-t-il ensuite.

Wendy prépare sa réponse minutieusement. Depuis que Curly lui a dévoilé que le capitaine Crochet n'avait pas toujours été l'homme qu'il est aujourd'hui, elle bout d'en savoir plus. Et l'occasion lui semble parfaite.

– Oh… dit-elle sur un ton nonchalant. Une qui raconte comment tu es arrivé au Pays imaginaire, peut-être. Et comment tu as rencontré… le capitaine Crochet.

Peter fronce les sourcils.

– Cette histoire-là est très courte, dit-il. Elle tient en quelques mots : j'ai affronté le capitaine Crochet en duel, et je lui ai coupé la…

– Oui, oui, l'interrompt Wendy, tout le monde connaît cet épisode. Mais comment as-tu fait sa connaissance ? Qu'est-ce qui vous a poussés à vous battre ?

Les Enfants perdus observent à tour de rôle Peter et Wendy sans trop comprendre ce qui se passe. Aucun d'entre eux n'a jamais interrogé Peter comme Wendy vient de le faire. Il règne dans la pièce une tension qu'aucun des enfants n'a jamais ressentie.

– Parce que c'est un pirate et que moi, je suis Peter Pan.

Wendy fait non de la tête.

– Ça ne peut pas être aussi simple.

– Et pourquoi pas ?

– Parce que rien n'est jamais aussi simple.

Une fois lancée, Wendy ne peut plus s'arrêter. Toutes les questions qui la taraudent se bousculent pour sortir.

– D'où venez-vous, l'un comme l'autre ? Où sont passés les parents de Crochet ? Et les tiens ?

– Question piège ! s'exclame Peter. Au Pays imaginaire, il n'y a pas de parents.

Le silence s'abat dans la salle en même temps que les paroles de Peter résonnent contre les murs et parviennent aux Enfants perdus. Peter les a prononcées comme une boutade, mais sa voix avait une dureté qui met tout le monde mal à l'aise.

– Mais pourquoi n'y a-t-il pas de parents ? finit par demander Birdie dans un souffle.

– Je ne me souviens plus du visage de ma mère, avoue Slightly.

– Ça n'a plus aucune importance, maintenant : Wendy peut être notre mère à tous ! suggère Curly.

– Oh oui ! approuve Nibs. Tu veux bien, Wendy ?

L'intéressée se met à culpabiliser. Elle ne cherchait pas à attrister les Enfants perdus mais simplement à en apprendre davantage sur Peter.

– Grands dieux, non ! s'exclame-t-elle en s'efforçant de ne vexer personne. Je ne suis même pas sûre de vouloir devenir maman un jour.

Les Enfants perdus baissent la tête, dépités, alors Wendy tente de rattraper le coup.

– En revanche, j'ai toujours la mienne, et vous aussi vous avez encore les vôtres quelque part. Je suis sûre qu'elles vous aiment… et que… vous leur manquez.

Sa voix se perd dans le silence. La jeune fille sent le regard courroucé de Peter peser sur elle. Serait-elle allée trop loin ?

– Moi, j'aimerais bien revoir ma maman… confesse Tootles.

À ces mots, Peter bondit de son fauteuil, les poings sur les hanches.

– Alors ça, sûrement pas ! s'écrie-t-il. Car pour la revoir, il faudrait que tu retournes dans le monde réel, et donc que tu grandisses !

L'intrépide héros se tait à l'instant même où il se rend compte de ce qu'il vient de dire – de la possibilité qu'il vient d'offrir. Les Enfants perdus s'interrogent du regard. Cette idée, ils ne l'avaient encore jamais envisagée.

– Ce serait possible ? demande Nibs à Wendy. Si on voulait rentrer ?

– On pourrait vraiment ? enchérit Birdie d'une voix pleine d'espoir.

– Évidemment, gronde Peter avant que Wendy ne puisse répondre. Si vous tenez à finir comme le capitaine Crochet.

Il a parlé en foudroyant Wendy du regard. Cette fille a gâché sa petite fête. Il a vaincu les pirates et sauvé tous ses amis – une fois de plus. Mais au lieu d'écouter une histoire et de passer une soirée agréable, voilà qu'ils parlent de grandir. Peter est hors de lui.

Soufflant de colère, il s'envole et quitte la pièce. Un instant plus tard, un grand bruit retentit à l'étage du dessus : Peter a claqué la porte de sa chambre.

Un silence désagréable s'abat dans la pièce. Wendy elle-même est mal à l'aise.

Elle sait qu'elle est la cause d'une partie du problème. Peter et elle sont les plus âgés de la troupe. Ils sont censés montrer le bon exemple. Hélas, Peter se comporte comme un enfant gâté. Clochette elle-même semble le penser car, cette fois, elle n'a pas suivi Peter – hormis du regard.

Les Enfants perdus font la même tête que Wendy quand elle entend ses parents se disputer. Et sans doute ressentent-ils ce qu'elle ressent dans ces moments-là.

– Eh bien… finit par soupirer Wendy.

Slightly fronce les sourcils.

– Ce n'est jamais bon signe quand Peter se met à claquer les portes, indique-t-il.

– Je suis désolée d'avoir réclamé une histoire, ajoute Curly en donnant un coup de pied par terre.

Wendy observe les visages peinés des Enfants perdus et réplique :

– Non, non, vous n'y êtes pour rien. Souhaitez-vous que…

Elle marque une pause le temps de trouver une idée qui rattrape la scène qui vient de se jouer.

– Souhaitez-vous que je vous chante une chanson, à la place ? propose-t-elle soudain. Une chanson que notre mère nous chante parfois, à mes frères et moi…

Sur ce, elle se met à fredonner, tout bas d'abord, mais ensuite sa voix prend de l'assurance, et la jeune fille lit peu à peu du bonheur sur les visages des enfants.

Belle et un peu mélancolique, la berceuse monte jusqu'à l'étage supérieur. Peter l'entend depuis sa chambre et éprouve un tiraillement dans son cœur, tel qu'il n'en a pas connu depuis fort longtemps. Un tiraillement qu'il chasse aussitôt, sous le coup de la colère.

Ignorant tout de sa réaction, Wendy continue de chanter, ravie d'apporter un peu de joie aux Enfants perdus. Et à mesure qu'elle-même retrouve le moral, sa voix forcit encore, s'échappe par les vitres cassées du château, dépasse la cime des arbres pour se perdre dans la nuit.

11
À cœur ouvert

Le capitaine Crochet s'aventure dans ces mêmes bois, à la tête de son équipage. Mais son esprit est occupé : il envisage mille et une façons de se débarrasser enfin de Peter et de sa bande de vauriens. Mais, tout à coup, une mélodie à peine audible interrompt le cours de ses pensées.

– Vous entendez ? souffle-t-il.

Se figeant, il tend l'oreille. Ses hommes l'imitent et perçoivent la chanson à leur tour. Certains parmi eux sourient, tant cette berceuse leur touche le cœur. Il y en a même qui tentent de la fredonner. Mais, de tous ces pirates, c'est bien le capitaine qui semble le plus s'abandonner au plaisir de la musique.

Ses traits s'adoucissent.

– Qu'est-ce que c'est que ça ? demande Crochet.

– Des rats ? réplique M. Mouche qui, sans son cornet, ne peut entendre aussi bien que tout le monde. Où ça, des rats ?

– Je n'ai pas dit « des rats » ! s'emporte le capitaine. Écoute ! Tu n'entends pas ?

M. Mouche se fourre un vieux chiffon dans l'oreille et frotte. L'oreille propre – ou plutôt moins sale –, il redresse la tête. La douce mélodie vient dessiner sur ses lèvres le même sourire que sur celles des autres.

– Ah, ça ! s'exclame-t-il. J'ignore ce que c'est.

– Il me semble avoir déjà entendu quelque chose qui y ressemblait, indique Crochet d'une voix presque nostalgique.

Son regard, songeur à présent, se perd dans le vide, comme si une sensation de bonheur envahissait peu à peu le terrible pirate.

– Où donc ? l'interroge M. Mouche.

– C'était il y a si longtemps que je ne m'en souviens plus... Je dirais que... c'était quelque chose d'agréable...

– Un rêve, peut-être ?

– Sûrement. Et pourtant...

La voix du capitaine s'estompe tandis que la mélodie résonne toujours dans les bois. Les pirates restent un long moment plantés là, perdus dans les sentiments étranges qui les submergent. Cette chanson réveille une part d'eux-mêmes qu'ils pensaient envolée depuis longtemps, sans qu'aucun ne puisse mettre un nom dessus, ni ne veuille écourter le moment.

Quand les dernières notes de la chanson s'évanouissent, Crochet secoue la tête comme au sortir d'un rêve. Et il comprend ce que cet air signifie pour lui.

– Voilà ce dont le maudit gamin me prive, affirme-t-il d'une voix tendue.

– Le chant ? s'étonne M. Mouche.

– Non, lui rétorque le capitaine.

Et sa voix se brise sous le coup de l'émotion lorsqu'il révèle le fond de sa pensée :

– La joie.

Un instant auparavant, Wendy a cessé de chanter. Un par un, les enfants se sont endormis, transportés au pays des rêves par la berceuse. Les paupières closes et la respiration régulière, ils ne troublent plus le silence que par un ronflement ici ou une parole marmonnée là.

Wendy constate alors que seule Clochette est encore éveillée. La petite fée vient tinter à son oreille. Wendy s'efforce, comme d'habitude, de décrypter le message.

– J'aimerais tant te comprendre, Clochette, murmure-t-elle, peinée.

En réponse, la fée hoche la tête. Wendy devine qu'elle aurait énormément de choses à lui dire – au sujet du Pays imaginaire ou de Peter.

– Lui non plus ne te comprend pas, hein ? Du moins, il ne t'écoute pas.

Clochette secoue la tête. Il lui en coûte de l'admettre, mais le garçon que toutes deux admirent ne fait guère d'efforts de ce côté-là. En même temps, l'une et l'autre savent que Peter est… *Peter*. Il n'écoute que lui-même.

– Ma foi, reprend Wendy, tant pis pour lui. Moi, je parie que tu as des choses merveilleuses à dire.

La petite créature hoche vigoureusement la tête et, pour la première fois depuis qu'elles se connaissent, Wendy a l'impression qu'elles se comprennent – qu'une amitié est en train de naître, peut-être. Clochette semble hésiter un instant, réfléchir, mais ensuite elle fait signe à Wendy de la suivre. Elle entraîne la jeune Londonienne dans l'escalier en laissant derrière elle une traînée de poudre de fée pour éclairer les marches.

Tout en haut se dresse une grande porte dans le bois de laquelle quelqu'un a gravé les mots « Chambre de Peter ». Wendy esquisse un sourire. Ces mots ont été inscrits par un garçon, à en juger par la taille des lettres et leur tracé tremblotant. Mais en y regardant de plus près, elle repère un autre mot, gravé en dessous de « Peter ». Un autre nom. Un nom qui a été rayé si profondément qu'il en est presque illisible. Wendy parvient toutefois à le déchiffrer.

– James ? prononce-t-elle tout haut.

Se tournant vers Clochette, elle demande dans un murmure :

– Qui est… ?

D'un mouvement du poignet, la fée dessine une silhouette avec sa poudre. Wendy retient son souffle en reconnaissant l'image : un crochet.

– Oh… fait-elle.

Tout devient clair à présent. Curly lui a révélé que le capitaine n'avait pas toujours été l'homme qu'il est à présent. Mais

Wendy comprend autre chose encore : Crochet et Peter ont été amis – à une époque lointaine, du moins.

Wendy prend une longue inspiration, puis pousse la porte et pénètre dans un immense grenier. Le toit s'est en partie effondré, révélant une vue à couper le souffle sur le Pays imaginaire. L'autre moitié de la pièce est ornée d'un assortiment de meubles fatigués, cassés, mais reconnaissables malgré tout. Cette pièce a été autrefois une chambre d'enfants.

À l'autre bout, près de là où le plafond s'est effondré, Peter est assis, dos à la porte. Wendy interroge Clochette du regard. Elle hésite. Doit-elle lui parler ? Ou bien s'en aller ? La petite fée agite les mains pour lui suggérer la première solution. Alors Wendy s'approche lentement du garçon. Celui-ci est en train de jouer, mais il s'arrête en apercevant la visiteuse.

– Qu'as-tu là ? lui demande tout bas cette dernière.

Peter lui montre un gland dans lequel il a fait passer un fil pour s'en faire un pendentif.

– Un baiser, répond-il d'une voix triste. Je comptais te l'offrir afin qu'on en ait un chacun.

– Merci, dit Wendy en prenant le cadeau.

Elle passe le collier autour de son cou et sourit. C'est gentil de la part de Peter, même si la plupart de ses actions n'ont pas été bien avisées jusqu'à maintenant.

– Je pensais que tu te plairais, ici, reprend Peter en regardant enfin Wendy dans les yeux.

– Moi aussi, admet la jeune fille.

Le Pays imaginaire était censé être la réponse à tous ses problèmes – un moyen d'échapper à sa maison et au futur. Mais maintenant qu'elle y vit…

– Ce n'est pas exactement ce à quoi je m'attendais, confie-t-elle. C'est beaucoup plus… réel.

La mine visiblement surprise, Peter réplique :

– Évidemment que c'est réel. Mais une réalité différente. Plus belle encore.

Wendy sait que Peter est sincère. Mais une vie dans laquelle on se bat en permanence peut-elle vraiment être plus belle que sa vie « réelle » ? Surtout si la personne contre laquelle on se bat n'a pas toujours été votre ennemi juré ? Le souvenir des deux prénoms gravés dans la porte la pousse à demander :

– Le capitaine Crochet était ton ami, autrefois, n'est-ce pas ?

Peter redresse vivement la tête.

– Qui t'a dit ça ?

– Personne ! se défend Wendy, les joues en feu. J'ai simplement…

– Il était mon *meilleur* ami. Nous avons fugué ensemble, et quand nous avons trouvé le Pays imaginaire, nous avons juré de ne plus jamais repartir, sous aucun prétexte. Nous avons fait une promesse… et il l'a trahie.

Les émotions se lisent sur le visage de Peter. Wendy a rompu un barrage, et toutes les pensées que le garçon retenait depuis des années lui reviennent en force. Il a cherché si longtemps à échapper à son passé, à ses émotions… et le revoilà confronté à la plus grande trahison qu'il ait jamais subie.

Wendy sent qu'il souffre intensément. Malgré cela, elle veut en savoir plus.

– Comment ? demande-t-elle.

– Il est parti, répond Peter. Un matin, il a mis les voiles sans un mot, me laissant seul. Et lorsqu'il est enfin revenu, l'ami que je connaissais avait disparu. Il était devenu cruel. Méchant.

Peter a parlé sur le même ton que Jean et Michel lorsqu'ils racontent une histoire à leurs parents, avec une pointe d'exagération qui nuit à la crédibilité.

– Vraiment ? reprend Wendy. Tu ne penses pas qu'il avait simplement grandi ?

– Je ne vois pas où est la différence, rétorque Peter d'un air stupéfait.

Wendy sait qu'il vaut mieux ne pas poursuivre cette conversation. Elle contemple un moment la vue sur le Pays imaginaire puis, à voix basse, pose une nouvelle question :

– Tu ne penses pas… Tu ne t'es jamais demandé ce que tu deviendrais en grandissant ?

Ces paroles lui font penser à ses parents, qui la poussent toujours à aller de l'avant, et elle en éprouve une légère culpabilité. Elle s'énerve si vite quand ils lui disent ce genre de choses. Mais maintenant…

– Non, tranche Peter. Je suis moi et je ne peux pas être autrement.

– Qu'est-ce qui t'empêche d'être toi à Londres, dans ce cas ? le relance Wendy. Avec nous.

– Si je faisais ça, réplique Peter du tac au tac, je serais un garçon comme un autre.

– Un certain temps, oui.

– Et ensuite, je mourrais.

La réponse est si exagérée que Wendy ne peut réprimer un rire. Peter est vraiment comme ses frères : excessif et têtu comme une mule.

– Moi, je parie que tu vivrais une foule d'autres choses avant de mourir, reprend Wendy. Songe par exemple... à tout ce que tu rates en restant ici.

La jeune fille laisse passer un temps avant d'ajouter :

– Songe à tout ce dont tu prives le monde en restant ici.

Wendy attend que ses paroles fassent leur effet – sur Peter et sur elle. Car elle se rend compte que son discours s'adresse également à elle-même. Grandir est inévitable. Mais ce n'est pas nécessairement une torture.

Sur ce, elle se lève et se tourne une dernière fois vers Peter. Comme celui-ci refuse de la regarder en face, elle comprend qu'il vaut mieux arrêter là pour ce soir. Certes, elle pourrait rester encore un peu, essayer de lui dire d'autres choses. Mais soudain, elle réentend sa mère lui expliquer qu'elle doit quitter la chambre d'enfants, que c'est pour son bien. Un message a beau être formulé avec tout l'amour du monde, on n'est parfois pas prêt à l'entendre. Peter a besoin de temps pour réfléchir. Elle devrait lui en accorder, tout comme sa mère l'a fait avec elle.

– Bonne nuit, Peter, dit Wendy en quittant la chambre.

Elle est tellement perdue dans ses pensées qu'elle ne remarque pas qu'il règne une obscurité plus profonde dans le repaire, un silence plus parfait. On n'entend même plus les souffles des enfants, et les bougies ont été éteintes. Lorsque Wendy arrive au pied de l'escalier, sa vision s'habitue enfin aux ténèbres. Et ce qu'elle découvre lui coupe le souffle.

Ligotés et bâillonnés, les enfants ont été capturés par les pirates. Tout à coup, du fond des ténèbres, une voix familière retentit.

– Wendy. Moira. Angela. Darling. La petite chanteuse de Londres. Ta voix m'a reconduit à mon ancienne demeure.

Crochet sort de l'obscurité, le visage déformé par un rictus moqueur.

Wendy ouvre la bouche, mais elle n'a pas le temps de crier qu'une main de colosse se plaque sur ses lèvres.

Ils sont faits comme des rats. Et Peter, seul dans sa chambre, ne se doute pas de la bataille qui se prépare.

12

La fin de l'histoire

Terré dans son grenier, Peter scrute le « baiser » que lui a offert Wendy lorsqu'ils ont fait connaissance. Il ressasse la conversation qu'il vient d'avoir avec elle. Pour la première fois depuis bien longtemps, il remet tout en question : le Pays imaginaire, Crochet, lui-même. Et les sensations que cela lui procure ne lui plaisent pas du tout. C'est alors qu'un tintement familier lui fait tourner la tête vers… Clochette. La petite fée l'observe en silence depuis le départ de Wendy. Peter fronce les sourcils. Le message est clair. Clochette affirme que

Wendy a raison. Et qui sait ? C'est peut-être vrai… Mais rien ne l'oblige à s'en réjouir.

Se levant soudain, Peter jette un dernier regard au dé, son premier baiser, puis il l'enferme au creux de son poing. Wendy peut bien dire ce qu'elle veut, il est déterminé à rester ici. Chez lui. Il n'est pas prêt à s'en aller – ni à grandir. Se dirigeant d'un pas énergique vers la porte, il s'apprête à l'ouvrir quand son regard se pose sur une ombre qui passe en dessous.

Aussitôt, Peter vole se réfugier au plafond, dans la pénombre. Clochette en fait autant.

La porte s'ouvre d'un coup sec et…

– Je te tiens ! claironne le capitaine Crochet.

Hélas, le sinistre pirate ne trouve personne à qui parler. Il inspecte le mobilier, qui lui paraît vaguement familier. N'apercevant Peter nulle part, il abaisse sa lame.

– Peter ? Où es-tu ?

Tapi dans sa cachette, le garçon plisse les paupières. Crochet ne l'a jamais appelé par son seul prénom. C'est d'autant plus étrange de l'entendre dans cette chambre qu'ils partageaient enfants.

Le pirate se promène, laisse traîner ses mains sur les vieux jouets et les meubles épuisés.

– Combien de fois avons-nous joué à cache-cache dans ces ruines ? demande-t-il d'une voix presque nostalgique. Tu trouvais toujours les meilleures cachettes.

Perchés sur une poutre, Peter et Clochette retiennent leur souffle. Ils n'osent pas bouger, mais la petite fée tremblote. Le mouvement suffit pour faire tomber un peu de poudre dorée devant le capitaine. Clochette plaque ses mains sur sa bouche. Vient-elle de trahir leur présence ? Au cas où, Peter porte la main à son épée… et se rappelle qu'il l'a laissée par terre. Il est sans défense.

Crochet, de son côté, plisse les paupières et toute douceur s'envole de son visage. Ses traits retrouvent leur cruauté.

– Moi, en revanche… reprend-il en redressant son épée. Moi, je savais te trouver !

Et, dans un cri de bête, il brandit sa lame en même temps que Peter se jette de la poutre.

Pendant un long moment, le jeune héros semble suspendu dans le vide, devant l'arme du pirate. Et puis, dans un mouvement éclair, l'épée s'abat, laissant une terrible balafre en travers de la poitrine de Peter.

Le souffle coupé, celui-ci tâte son torse. Le choc fait place à la douleur lorsqu'une ombre rouge se dessine sur sa tunique verte.

Crochet est aussi surpris que lui. Il ne s'attendait pas à blesser réellement Peter. Ce n'est pas ainsi que leurs duels se déroulent, d'ordinaire. Ils sont censés se battre. Mais cette fois, c'est différent. Est-ce parce qu'ils se trouvent dans l'ancienne chambre d'enfants ? Ou parce que tous deux ont récemment réfléchi à leur passé ? Quoi qu'il en soit, la situation est devenue trop sérieuse.

Peter titube à reculons, se rapproche dangereusement de l'ouverture donnant sur la forêt. Lorsqu'il retire sa main de la blessure, il pâlit. Sa paume est couverte de sang.

– Capitaine Crochet ? prononce-t-il en levant les yeux vers son ennemi.

– Oui, Peter ? répond le pirate sans parvenir à détacher son regard de la blessure qu'il a infligée.

– Cette aventure ne me plaît pas trop... commence le garçon.

Mais brusquement, ses jambes cèdent et il tombe à la renverse dans le vide.

Son corps chute comme au ralenti. Il passe à travers les branchages de l'arbre qui pousse dans la grande salle du château. Peter croit voir le visage terrifié de Wendy et entendre La Flèche – d'habitude muet – crier alors que tous deux se débattent dans les bras des pirates qui les retiennent.

Clochette fond droit sur lui, mais elle n'a pas le temps de le rattraper que M. Mouche s'empare d'elle et l'emprisonne sous son chapeau. La fée enrage si fort que le couvre-chef devient brûlant entre les mains du vieil homme. Il passe du jaune au doré puis au rouge. Enfin, Clochette pousse un cri qui évoque le fracas d'un million de vitres qui se brisent : son cœur vient de voler en éclats.

Une fraction de seconde plus tard, Peter, livré à son sort, s'écrase sur le plancher du rez-de-chaussée. Le bois pourri casse comme un cure-dent et le malheureux poursuit sa chute jusqu'à atterrir sur la terre dure et froide. Il reste là, immobile.

Depuis le grenier, Crochet l'observe. Une myriade d'émotions passent sur son visage marqué par les années. Les traces d'une longue et dure existence deviennent plus prononcées. Sa peau semble s'affaisser, ses rides se creuser, tandis qu'une amertume à vif emplit ses yeux.

– J'ai réussi, dit-il. J'ai tué Peter Pan !

Crochet est un vieil homme qui vient de livrer son dernier combat.

Que va-t-il advenir, maintenant ? s'interroge-t-il intérieurement.

Assis dans un canot, Crochet scrute d'un air absent une autre embarcation qui transporte les petits Darling ainsi que les Enfants perdus jusqu'au *Jolly Roger*. Depuis qu'il a quitté le repaire des vauriens, son esprit divague. Il regarde Wendy qui se balance d'avant en arrière, et remarque que plusieurs Enfants perdus sont en larmes. Privés de leur chef intrépide, ils sont véritablement *perdus*.

– Ces machins-là sont censés briller, pas vrai, Capitaine ? demande M. Mouche, arrachant Crochet à ses pensées.

Le terrible pirate se tourne vers son second et constate qu'il observe Clochette, enfermée dans une lanterne.

– Et c'est cette lumière qui leur permet de voler, non ?

Crochet s'empare de la lanterne et examine à son tour la fée. Elle a l'air plus mal en point que les autres. La mort de Peter l'a touchée physiquement. Elle ne brille plus et semble s'être tassée sur elle-même. Ses ailes pendent dans son dos, toutes molles, ses joues ont perdu toute couleur. Pire encore, elle n'est plus entourée de poudre de fée, comme si toute magie l'avait abandonnée.

– En effet, répond Crochet. Elle brillait beaucoup plus, avant. Du moins dans mon souvenir.

Il pousse un long soupir.

– Allez, quoi, petite fée, dit M. Mouche en secouant la lanterne. Fais donc sourire le capitaine.

Mais Crochet repousse la lanterne.

– Ce n'est pas elle qui me tracasse, révèle-t-il.

M. Mouche lève les yeux vers lui, surpris.

– Ah... vous parlez du gamin, alors. Mais vous l'avez vaincu. Il n'est plus !

C'est bien ce que le capitaine a toujours voulu, n'est-ce pas ?

Celui-ci hoche la tête.

– Et maintenant, j'ai un trou dans le cœur, confesse-t-il. Est-il normal que sa mort ne me procure aucune joie ? Aucune satisfaction ?

– Tuer est toujours une sale affaire, estime M. Mouche.

Dans un nouveau soupir, Crochet contemple la fée. Un bref instant, il éprouve la sensation d'être comme elle – terne, sans but dans la vie.

– Le plus terrible, c'est cette impression de... fin, dit-il. Personne n'en parle jamais. Pendant toutes ces années, je pensais que sa mort me rendrait... heureux. Mais maintenant que je l'ai tué... est-il possible qu'il me manque ?

M. Mouche n'a pas de réponse satisfaisante à lui donner. Alors Crochet laisse son regard dériver en direction du Pays imaginaire. Il va devoir trouver un autre moyen d'occuper son temps, voilà tout. Mais soudain, il aperçoit le canot transportant les enfants. Et si c'étaient eux, la réponse ?

Crochet sait que les enfants sont blottis les uns contre les autres dans la cale du *Jolly Roger*. Assis dans sa cabine, il les imagine en train de broyer du noir dans leur cellule. Quel espoir pourrait-il leur rester ? Leur chef n'est plus. Son pire ennemi les a faits prisonniers. Et ils ignorent ce que le sort leur réserve.

Pour être honnête, Crochet n'en a pas la moindre idée non plus.

Le jour se lève à peine, et le sinistre personnage ne sait quoi faire. Il feuillette les documents éparpillés sur son bureau, cherche l'inspiration. Dans sa lanterne, Clochette fait elle aussi grise mine.

Pendant ce temps, M. Mouche marmonne tout bas en inspectant des bouteilles. Lorsqu'il trouve enfin celle qu'il cherchait, il pivote sur lui-même. L'étiquette, presque effacée, semble être rédigée en français. Quant au gros bouchon, il est tout encrassé. Malgré cela, M. Mouche a l'air ravi.

– À cette heure-ci, je devrais mettre l'eau à bouillir pour le thé, mais…

Le vieil homme s'interrompt, le temps d'adresser un rapide coup d'œil à son capitaine. Le voyant, la mine lugubre, il soupire puis reprend :

– Je conserve ce délicat breuvage depuis des années dans le but de fêter votre victoire. Et puisque vous avez gagné…

M. Mouche fait sauter le bouchon, et le précieux liquide jaillit de la bouteille. Le vieil homme guette la réaction du maître des lieux. Si seulement celui-ci voulait cesser de tout voir en noir, la vie reprendrait son cours normal. Enfin, peut-être…

Mais soudain, Crochet se redresse. Se tournant vers M. Mouche, il dit :

– Ma liste. Où est ma liste ?

– Quelle liste ? demande son second.

– Ma première liste ! répond le capitaine comme s'il s'agissait d'une évidence. Celle que j'ai écrite autrefois. La liste de tout ce que je voulais faire à mon retour au Pays imaginaire…

– Ah ! s'exclame M. Mouche. *Cette* liste.

Le capitaine se lève et commence à fouiller sa cabine. Tout à coup, il se penche afin de regarder sous son lit. Dans un cri de triomphe, il en sort un vieux parchemin poussiéreux. Le déroulant, il lit la seule ligne rédigée dessus : « Tuer Peter Pan ». Il était pourtant sûr d'avoir écrit autre chose.

M. Mouche s'approche pour inspecter le document.

– Ces trois mots ont autant de poids qu'un livre entier, déclare-t-il. Mais tout ceci est du passé, maintenant.

Le capitaine pousse un soupir. À ses yeux, non, tout ceci n'est pas du passé. Tout ceci lui semble très actuel.

– Qu'en penses-tu, Clochette ? demande-t-il à la fée emprisonnée. Tu étais là quand tout a commencé. Fallait-il réellement que cela se termine ainsi ?

La petite créature secoue la tête.

– J'hésite à te croire, réplique Crochet.

Il faut dire que Clochette a toujours été la meilleure amie et la plus grande admiratrice de Peter – et non la sienne. Néanmoins… peut-être a-t-elle raison ?

– Capitaine ? reprend M. Mouche d'une voix penaude. Vous vous souvenez de ce que vous m'avez dit dans les bois ? Quand vous avez entendu la fillette chanter ? Ce que vous avez ressenti ?

Crochet plisse les paupières.

– Rafraîchis-moi la mémoire, demande-t-il.

– Vous avez prononcé un mot… un mot qui pourrait vous faire du bien en ce moment même…

Intrigué, Crochet se penche en avant, attendant la suite. Que manigance le vieil homme ? Et aurait-il vu juste ? Quelque chose est-il susceptible de lui faire du bien après tout ceci ?

13
Le pouvoir d'une berceuse

– Que va-t-il nous arriver ? demande Michel, blotti contre les autres enfants dans le cachot humide et sombre du *Jolly Roger*.

Par les fissures du plafond filtre une pâle lumière qui permet de voir. L'atmosphère est toutefois aussi sombre que la cale.

– Prions pour qu'ils ne nous fassent pas passer sous la quille, répond Curly.

– Ça consiste en quoi, au juste ? l'interroge Jean en fourrant ses mains qui tremblent dans ses poches.

– Il vaut mieux que tu ne le saches pas, souffle la fille.

Birdie, qui semble plus fragile et apeurée que d'habitude, se tourne vers elle, le front plissé.

– Comment sais-tu ce que ça signifie, « passer sous la quille » ? la relance-t-elle.

– Je l'ai lu dans un livre, révèle Curly en haussant les épaules.

Assise elle aussi, Wendy écoute l'échange. Elle voit que ses compagnons sont terrifiés. À juste titre, d'ailleurs. Ils ne savent ni ce qui va leur arriver, ni comment s'échapper.

Tout à coup, la trappe de la cellule s'ouvre et Crochet apparaît. L'homme descend les marches, suivi de près par M. Mouche, tenant Clochette dans une lanterne. Les enfants se tassent contre le mur du fond, quelques-uns poussent des murmures d'effroi.

S'approchant des prisonniers, Crochet leur adresse un geste d'apaisement de la main.

– Du calme, dit-il en rivant son regard sur Wendy. Je veux simplement te parler.

La jeune fille ne veut rien avoir à faire avec ce monstre. Peter était peut-être une tête brûlée, une tête de mule, un insouciant, même, pourtant les enfants l'aimaient. Or ce pirate le leur a enlevé. Wendy préférerait pourrir dans ce cachot que de lui adresser la parole.

– Je n'ai rien à vous dirc, affirme-t-elle.

– Alors écoute, réplique Crochet.

Aussitôt, il se met à fredonner. Difficile à reconnaître dans un premier temps, la mélodie devient familière. C'est celle que Wendy a chantée aux Enfants perdus avant le drame.

– Qu'est-ce que c'est ? demande Crochet après avoir fini la chanson.

– Ça ? s'étonne Wendy. C'est juste une… une berceuse…

Le pirate chasse d'un geste de la main cette vague explication.

– Elle me rappelle quelque chose, précise-t-il. D'où vient-elle ?

– Je, euh…

– Parle ! Pourquoi me met-elle dans cet état-là ?

Wendy s'étonne de lire de l'angoisse et de l'incertitude dans les yeux de Crochet. Cet homme lui a toujours paru si rageur, si dangereux. À présent, il ressemble à un enfant à qui on aurait pris son ours en peluche. Et, à sa grande surprise, Wendy ressent une pointe de compassion pour lui.

– Je n'en ai aucune idée, répond-elle. C'est un air que… Une chanson que ma mère nous chante…

– Ta quoi ?

– Ma mère, répète Wendy, étonnée que le capitaine semble ignorer le mot.

A-t-il vraiment oublié ce qu'est une mère, à force de vivre au Pays imaginaire ? Cela expliquerait qu'il soit devenu si froid, si impitoyable – privé de l'amour et du soutien d'une mère, privé de ses berceuses.

Mais soudain, Crochet semble se perdre dans ses souvenirs.

– Bien sûr, dit-il.

Wendy décide de profiter de l'instant.

– Je sais que vous n'avez pas toujours été comme ça, Capitaine Crochet. Je sais que Peter et vous étiez amis. Je connais les histoires.

– Ah bon ? réplique le pirate en se penchant vers elle. Et que se passe-t-il dans ces histoires ?

Wendy avale sa salive, nerveuse. Elle se tourne vers les Enfants perdus afin qu'ils l'encouragent. Ceux-ci lui font signe de continuer.

– Vous... vous quittez le Pays imaginaire. Et quand vous y revenez, vous êtes...

– Méchant ?

– Oui.

– Hum, murmure l'homme, moins fâché par la description que Wendy l'aurait cru. Il y a du vrai là-dedans. Mais ton histoire omet le passage le plus important. Je n'ai pas exactement *quitté* le Pays imaginaire...

Wendy n'a pas besoin d'entendre la suite. Elle l'a devinée depuis sa conversation au grenier avec Peter.

– Peter vous a chassé, dit-elle.

Une vague de douleur mêlée de colère et de regret déferle sur les traits du capitaine.

– C'est ça, confirme-t-il. C'est bien le problème. Mon meilleur ami m'a *banni* parce que je voulais revoir ma… ma…

– Votre mère ? suggère Wendy.

– Oui ! Ma mère, oui – qui autrefois devait me chanter cette berceuse. Est-ce donc un crime, de vouloir revoir sa mère ?

Wendy songe à sa propre mère et à tous les soirs où elle lui a chanté une berceuse, toutes les fois où elle lui a fait le bisou magique et lui a séché ses larmes.

– Non, assure-t-elle. Bien sûr que non.

En une fraction de seconde, le capitaine reprend son visage de glace et son allure de redoutable pirate.

– Va dire cela à ton cher ami disparu, car il n'était pas de cet avis, lui.

Sur ce, Crochet se met à faire les cent pas devant Wendy. Un véritable torrent de paroles se déverse de sa bouche à mesure que les émotions enfouies depuis longtemps remontent à la surface.

– Et sais-tu que, après tout ça, je ne l'ai jamais retrouvée, je n'ai jamais pu rentrer chez moi, jamais pu revoir ma chère petite maman ? Quand j'ai quitté le Pays imaginaire, je me suis perdu en mer. J'y serais mort si cet homme ici présent ne m'avait pas secouru.

Crochet s'interrompt le temps de désigner M. Mouche d'un mouvement de la tête.

– J'ai été recueilli et élevé par des pirates qui m'ont appris à piller et à tuer. Jusqu'au jour où ils ont fait de moi leur capitaine. Et moi, en retour, je les ai conduits ici même.

Ces souvenirs chassent de son esprit les sentiments les plus doux. Sa voix reprend une sonorité sauvage.

– Mais à quoi bon revenir, puisque Peter vous avait fait tant de mal ? l'interroge Wendy.

– Parce que… il était mon ami, répond Crochet après une courte pause. Et que j'étais heureux, ici.

– Vous pourriez l'être encore.

– Non. La joie, c'est fini pour moi. Il ne me reste plus que la douleur et la peur. Tout ce que j'attendais de la vie, je l'ai laissé passer. J'aurais pu être tant de choses, et j'en suis réduit à ça. Voilà ce qu'on devient, Wendy Moira Angela Darling, quand on grandit.

La jeune fille scrute l'homme et devine qu'il est sincère. Mais elle comprend aussi, à sa propre surprise, qu'elle possède plus de sagesse que ce triste pirate plein d'amertume.

– Pas du tout, réplique-t-elle. Ça, c'est ce qu'on devient quand on tourne mal.

La fureur envahit les traits du capitaine, qui fouette l'air avec son crochet. Il en a assez.

Pivotant vers M. Mouche et le reste de l'équipage posté près de l'escalier, il s'exclame :

– Qu'on les exécute, tous autant qu'ils sont !

– Mais, Capitaine… commence M. Mouche.

Il s'interrompt aussitôt, puis se reprend :

– James… ne pensez-vous pas que…

Crochet se plante devant son second et le fixe d'un œil noir.

– Ne m'appelez plus jamais comme ça. Je suis le capitaine Crochet !

Un instant plus tard, les pirates se déploient dans la cale afin d'emmener les enfants. Sous le regard horrifié de Wendy, Mme Starkey, une véritable ogresse, saisit Michel par le bras.

– Lui d'abord, ricane la méchante. Il empeste beaucoup trop.

Les larmes aux yeux, Wendy regarde Mme Starkey emmener son cadet. Jean tente de lui venir en aide – sans résultat, hélas. Wendy doit intervenir. Peter ne pourra pas venir les sauver, alors il faut au moins qu'elle essaie.

– Une minute ! s'écrie-t-elle d'une voix qui fige tout le monde. Prenez-moi ! Mais laissez-les vivre. Ce ne sont après tout que des enfants. Plus tard, ils feront de bons pirates, tous. Celui-ci, en particulier.

Du doigt, elle désigne Jean, dont le regard l'implore de se taire.

Prostrée dans sa lanterne, Clochette relève la tête, surprise par tant d'abnégation. Une pointe d'espoir renaît en elle… et le sentiment de défaite se change en colère.

Pendant ce temps, Crochet observe Wendy en réfléchissant à son offre. Puis il hausse les épaules.

– Ta générosité est admirable, déclare-t-il. Tu produiras peut-être un plus gros *plouf*.

D'un signe de tête, il ordonne à Mme Starkey de relâcher Michel et de s'emparer de Wendy.

– Wendy, non ! s'exclame Jean. Tu ne peux pas…

– Oh que si, le coupe sa sœur de sa voix la plus convaincante alors qu'elle tremble comme une feuille. Je suis votre aînée. Du courage, les garçons. Et si vous revoyez maman, dites-lui que je…

Elle n'a pas le temps d'achever sa phrase qu'un concert de cris retentit dans la cellule. Wendy est conduite sur le pont, où elle va faire face à son destin.

Les premières lueurs de l'aube filtrent dans le lagon. Des bandes de brume et de brouillard montent des eaux chaudes qui entourent le *Jolly Roger*. À bord, plusieurs pirates tapent sur des tonneaux pour rythmer la scène qui se déroule.

Wendy scrute la planche qui a été disposée au-dessus du pont. Elle sent les regards des pirates et des Enfants perdus dans son dos. Les pirates se réjouissent de son sort tandis que les Enfants perdus gardent le silence, quelques-uns se contentant de renifler de temps en temps.

Enveloppée de lourdes chaînes, elle n'a aucune chance de survivre au grand plongeon.

Tout à coup, la pointe d'un harpon lui pique le dos, alors Wendy prend une inspiration profonde et grimpe sur la planche. Elle marche en direction du vide, et le bois ploie sous son poids. Les acclamations redoublent quand elle atteint le bout de la planche. La jeune fille découvre les eaux sombres et profondes en contrebas. Ses orteils se crispent sur le bord de la planche.

– Adieu, Wendy Moira Angela Darling, prononce Crochet d'une voix sinistre.

Wendy se rapproche encore du vide, mille pensées tourbillonnant dans sa tête. Elle voudrait se tourner, regarder une dernière fois ses frères, mais elle n'ose pas.

Sa seule chance de survivre, si tant est qu'elle ait encore un infime espoir, c'est qu'il lui reste un peu de poudre dorée, et qu'elle pourrait peut-être s'envoler.

– Pense à des souvenirs heureux, murmure-t-elle.

Puis elle inspire à fond, et elle saute.

Au même instant, à l'insu des pirates, Clochette jaillit hors de la lanterne. Elle a observé la scène, et le courage de Wendy lui a donné la force de retrouver sa lumière. Car après avoir perdu Peter, elle n'a pas l'intention de perdre Wendy.

Celle-ci ne se doute pas de ce qui est en train de se passer dans son dos. Elle tombe, rapidement d'abord, puis presque au ralenti. Elle se rapproche de la mer. Et, pendant ce temps, un phénomène étrange se produit. Au lieu de voir son passé défiler devant ses yeux, elle voit des extraits de son futur : elle-même en train de lire avec ses amis ; de courir sur la plage ; de prendre l'avion ; d'écrire un livre et de faire la sieste au soleil une fois devenue grand-mère, entourée de ses enfants et petits-enfants. Elle comprend que cette vie aurait été merveilleuse. Grandir ne signifie pas forcément perdre le goût de l'aventure. Mais plutôt se lancer dans des aventures inédites.

Hélas… elle ne connaîtra jamais ce futur. Car elle tombe toujours, et la mer se rapproche à toute allure.

14
Avec un peu de poudre de fée...

Crochet regarde Wendy sauter dans le vide d'un œil gourmand. L'oreille tendue, il guette le *plouf* qui ne devrait pas tarder.

Mais rien ne lui parvient – pas même un clapotis contre la coque du *Jolly Roger*. Rien d'autre que le murmure du vent et les cris des mouettes.

Ce n'est ni normal ni rassurant.

– Monsieur Mouche ? demande le capitaine.

– Oui ?

– Avez-vous entendu un *plouf* ?

– Absolument, Capitaine. Enfin, c'était plutôt…

– Moi, je n'ai rien entendu, lance un pirate.

– Moi non plus, dit un autre.

Crochet fronce les sourcils.

– Elle devrait pourtant être en train de couler.

– Exact, confirme M. Mouche. À moins qu'elle ne soit tombée très lentement.

Crochet pousse un cri d'indignation. Quelle idée ridicule ! Tomber lentement… Se tournant vers le reste de l'équipage, il demande :

– L'un d'entre vous a-t-il entendu un *plouf* ?

Les pirates font tous non de la tête. Aucun ne se risque toutefois à prononcer le mot car le capitaine déteste l'entendre.

Crochet penche la tête par-dessus bord et… il manque de s'étouffer.

La poudre de fée est partout, elle se répand sur les planches comme de l'or liquide. Le capitaine se recule pour ne pas être contaminé, mais c'est impossible. La magie se propage comme un feu de forêt, envahit le pont, grimpe aux mâts. Elle fait scintiller les cordages puis, dans une ultime pulsation lumineuse, elle se retire telle une vague, laissant une lueur subtile dans son sillage.

– On dirait… commence M. Mouche.

Se tournant vers la lanterne qu'il avait complètement oubliée, il découvre qu'elle est vide. Clochette a disparu.

Le capitaine interroge son second du regard, puis ses hommes, et enfin les Enfants perdus. Ces derniers ont le sourire. Cela ne lui dit rien qui vaille. Quelles autres surprises menacent encore ?

La réponse ne se fait pas attendre. Brusquement, la lueur dorée reprend de la vigueur, jusqu'à devenir presque aveuglante. Crochet plisse les paupières puis, le souffle coupé, il voit Wendy s'élever dans les airs. Ses chaînes se sont envolées, remplacées par de la poudre de fée.

La jeune fille ressemble à une statue en or.

Le capitaine recule, sa main valide devant la figure comme si cela pouvait le protéger.

– Elle possède la magie du gamin ! s'étrangle-t-il.

Clochette tinte, et Wendy sourit. Elle sait ce que la fée a voulu dire.

– Cette magie n'appartient à personne, corrige-t-elle.

Évoluant dans le vide, elle s'avance vers le capitaine tel un fantôme dans une maison hantée.

À pas lents, Crochet recule encore.

– Nous avons toujours l'avantage du nombre, petite, affirme-t-il d'une voix tremblante. Mes hommes sont prêts à mourir pour sauver leur capitaine.

Wendy sourit toujours. Elle espérait bien qu'il dirait cela.

– Mais qu'est-ce qu'un capitaine sans son navire ? demande-t-elle.

Au même instant, un craquement retentit et une secousse traverse le *Jolly Roger*. Tout le monde bat des bras pour ne pas être déséquilibré alors que les planches du pont se tordent et se gondolent.

Très vite, le navire s'élève dans les airs. Il quitte la mer dans un torrent d'eau salée. Les rayons de soleil qui frappent sa coque détrempée le font briller comme dans les histoires du soir dont Wendy raffole.

La jeune fille se porte au sommet du grand mât, Clochette à ses côtés. Ensemble, elles déploient la grand-voile, que la fée inonde de sa poudre. Le vent gonfle la voile, et le navire tout entier luit à présent d'une teinte dorée.

La tête levée pour apercevoir l'insolente fillette et l'agaçante fée, Crochet reste un moment sidéré par la vue de son bateau métamorphosé. Mais il se reprend très vite.

– Remettez mon navire à l'eau, monsieur Mouche ! ordonne-t-il.

– Oui, Capitaine ! répond le vieil homme.

Puis il fronce les sourcils et demande :

– Comment, au juste, Capitaine ?

Il n'a jamais eu affaire à un navire volant. Un navire échoué ? Oui. Un navire en perdition ? Aussi. Mais ça…

– Exécution ! gronde Crochet. Aussi vite que…

Sa voix s'éteint lorsqu'un cri lui parvient, au loin. Il pivote aussitôt sur lui-même. Ce cri ne lui est pas étranger. Il sort sa longue-vue afin de scruter l'horizon.

Les Enfants perdus ont eux aussi entendu. Se débarrassant des cordes qui les retenaient, et que la poudre de fée a desserrées, ils courent au bastingage.

– Est-ce que c'est… bredouille Nibs.

– Je crois bien que… poursuivent les jumelles.

– Oh, moi, j'en suis sûr, conclut Tootles, un large sourire aux lèvres quand son regard se pose sur une falaise lointaine.

Un étalon blanc galope dessus. Et sur son dos voyagent Lily la Tigresse et…

– Peter ! s'écrie Wendy qui l'a repéré depuis la vigie.

Lorsque Crochet aperçoit à son tour le garçon, il ouvre des yeux ronds. Mais à sa grande surprise, il éprouve également du soulagement. Peter Pan est vivant. Il revient, prêt à se battre. Le capitaine a hâte de le recevoir.

Peter brandit son épée d'une main et l'ours de Michel de l'autre. L'étalon prend de la vitesse à mesure qu'il approche du bord de la falaise. Soudain, juste avant le précipice, Lily tire sur les rênes. Sa monture s'arrête dans une glissade et Peter se propulse dans les airs.

Le temps semble ralentir pendant que le valeureux garçon vole au-dessus des flots, en direction du *Jolly Roger*. Mais, brusquement, le temps retrouve son cours normal, et Peter tombe sur une voile qu'il déchire avec son épée. La voile a beau ralentir sa chute, celle-ci n'en est pas moins vertigineuse. Arrivé au bas de la voile, Peter se laisse tomber sur le pont.

Il inspire à fond pour reprendre son souffle et se redresse. Puis il se tourne vers le capitaine Crochet, affiche son plus beau sourire, et lui demande :

– Je vous ai manqué ?

Le pirate esquisse pour sa part un rictus mauvais.

– Tu n'imagines pas à quel point, répond-il en se dirigeant vers Peter. Comment as-tu réussi ce coup ? Avec de la poudre de fée et beaucoup de confiance ?

– Non. Pas de poudre, cette fois. Un petit coup de main de mes amis, c'est tout.

Lorsqu'il s'est écrasé au sol, après être tombé de la chambre d'enfants, Peter a d'abord cru qu'il allait mourir. Mais son ombre s'est accrochée à la vie, et a couru chercher Lily la Tigresse. Après avoir erré dans la forêt, elle a fini par repérer un feu de camp. L'ombre y a trouvé des guerriers réunis autour de la cheffe – l'arrière-arrière-grand-mère de Lily – ainsi que des enfants qui jouaient. Le regard perdu dans les flammes, Lily n'a d'abord pas remarqué l'ombre. Mais quand celle-ci est passée sous son nez, elle a perçu sa présence, et su que Peter avait des ennuis. Alors elle est partie à sa recherche.

À aucun moment Peter n'a été seul. Et c'est ce qui lui a permis de survivre : ses amis, et rien d'autre. Ses amis qu'il n'a pas traités si bien que cela dernièrement.

Crochet s'avance encore. Peter également. Tous deux se demandent qui attaquera le premier.

– Tu oses me parler de tes amis ? s'étonne le capitaine. Jeune fanfaron orgueilleux, dégaine ton arme.

– Homme triste et sinistre, pour la dernière fois, répond Peter.

Les lames s'entrechoquent, et le duel commence. Mais ce combat ne ressemble à aucun des précédents. Cette fois, c'est vraiment du sérieux. Une démonstration de force plutôt qu'une chorégraphie. C'est l'affrontement ultime – au cours duquel vont se révéler toutes les pensées et les sentiments cachés. Crochet brandit son épée au-dessus de sa tête, prêt à l'abattre, quand une ombre passe soudain sur son visage. Il lève les yeux à l'instant où la grand-voile fond sur lui. Une seconde plus tard, elle recouvre toutes les personnes présentes sur le pont.

Perchées dans la vigie, Wendy et Clochette tentent de voir si leur diversion a fonctionné. Ce n'est malheureusement pas le cas. Les deux adversaires se sont libérés, les hostilités ont repris au milieu des combats qui opposent les pirates aux Enfants perdus.

– Comme au bon vieux temps, n'est-ce pas ? demande Crochet en approchant du pont arrière.

– Avec vous, *tout* est vieux, réplique Peter.

Un pirate s'apprête à lui planter sa hache dans le crâne, quand une flèche se fiche dans sa main et l'immobilise : Curly veillait au grain ! Elle adresse un sourire à Peter avant de courir prêter main-forte aux autres.

De son côté, Michel tente d'arracher son ours des griffes des pirates qui s'en sont emparés. Slightly et Nibs, eux, se dirigent vers le Long Tom, l'énorme canon du *Jolly Roger*, armés d'un boulet chacun. Wendy se bat aux côtés de ses frères tandis que M. Mouche tente de repousser les jumelles, qui lui ont volé son thé et le déversent sur le pont !

Le vieil homme pousse un cri d'indignation et s'apprête à fondre en larmes quand un tintement familier retentit derrière lui. Pivotant sur ses talons, il découvre Clochette.

– Je ne voulais faire de mal à personne, se défend M. Mouche. Je voulais juste… je voulais juste voler.

La fée affiche une moue étonnée. Mais ensuite, c'est M. Mouche qui n'en croit pas ses yeux. Elle hausse les épaules et lui souffle au visage un peu de poudre dorée. M. Mouche éternue, et cet éternuement le propulse dans les airs. Le voilà qui volette au-dessus du navire en gloussant ! Ce faisant, il observe les combats et aperçoit Lily en train d'escalader la chaîne de l'ancre. Le navire flotte toujours dans le vide, mais il a mis le cap sur les falaises rocheuses. Sitôt arrivée sur le pont, Lily se mêle aux combats en vraie guerrière qu'elle est. M. Mouche ne peut pas faire grand-chose depuis les airs, alors il se contente de hausser les épaules et d'observer le spectacle.

Michel et Jean courent actionner la roue du gouvernail pour détourner le *Jolly Roger* de la falaise. Clochette verse encore un peu de sa poudre sur le navire, qui racle la paroi rocheuse dans un grincement assourdissant.

Après s'être défaite d'un groupe de pirates, Wendy retrouve ses frères. Les secousses qui traversent le bateau jettent plusieurs hommes par-dessus bord. Ils sont aussitôt capturés par des sirènes qui les entraînent vers les profondeurs. D'autres pirates dérapent et s'assomment sur le pont. Wendy ne leur accorde même pas un regard. Il faut à tout prix sauver le navire.

– Accrochez-vous, tout le monde ! ordonne-t-elle en prenant la barre à deux mains. Ça va secouer.

Les enfants se cramponnent comme ils le peuvent – aux cordages, aux mâts, au bastingage – et Wendy donne un violent tour de roue qui incline dangereusement le bateau. Peter et le capitaine, eux, poursuivent leur duel.

15
L'ULTIME DUEL

Inconscients du danger plus pressant qui les menace, Peter et le capitaine se battent à présent dans la cabine de ce dernier. Il y fait si sombre que Crochet perd de vue son jeune adversaire mais… il repère très vite une ombre près de ses cartes. Un sourire étire ses lèvres. C'est l'une des nombreuses astuces de Peter : envoyer son ombre dans une direction tandis que lui-même part dans une autre. Mais c'est plus fort que lui : le pirate se dirige vers l'ombre.

Au même instant, il entend de légers bruits de pas derrière lui et sent quelque chose s'abattre sur sa tête. D'une main, il se tâte et découvre que Peter l'a affublé d'un crâne de crocodile. Crochet arrache le crâne en même temps que le bateau tangue violemment, les envoyant, Peter et lui, glisser vers le mur. Des cris leur parviennent depuis le pont alors que le *Jolly Roger* s'incline encore et change de direction. Les deux adversaires tentent de reprendre le combat, mais ils sont trop occupés à rester en équilibre tant le navire penche encore. Il s'incline tellement que le grand mât se retrouve braqué vers la mer, et le fond du bateau vers le ciel.

Peter et le capitaine ne sont pour autant pas prêts à rendre les armes. Ce duel a trop d'importance pour eux.

D'un bond, Peter se réfugie sur une poutre afin d'éviter d'être embroché. Dans la foulée, le capitaine lui assène un coup de crochet, mais il rate sa cible et la pointe se fiche dans la poutre. Le pirate tire de toutes ses forces, dans tous les sens, et parvient enfin à se dégager. Hélas pour lui, le mouvement le projette vers une lucarne qui, étant donné l'inclinaison du bateau, ressemble plutôt à une trappe. Crochet tombe dans le vide, droit vers la mer… mais la voile arrière le rattrape au passage. L'homme rebondit sur la toile avant de ramper jusqu'au mât et de s'y hisser en grimaçant.

Observant la scène depuis la lucarne, Peter constate que tout est vraiment à l'envers. S'il n'était pas déterminé à achever le combat, il trouverait la chose hilarante. Mais ce n'est pas le moment.

Peter passe donc une jambe dans la lucarne pour aller rejoindre son adversaire. Il réussit à éviter le verre brisé, quand soudain, son pied dérape. Le malheureux bat des bras et se rappelle aussitôt qu'il n'a plus le pouvoir de la poudre de fée. Il tombe dans le vide.

– Je te tiens !

Miracle ! Une main vient de saisir la sienne. Levant les yeux, Peter sourit : c'est Wendy qui l'a sauvé. La jeune fille flotte dans les airs avec autant de facilité que lui-même a pu en avoir.

Tous deux échangent un regard : un pardon demandé, un pardon accordé. Quand ensuite un peu de poudre dorée passe de la main de Wendy à celle de Peter, il n'en faut pas plus pour que le garçon s'en aille rejoindre le capitaine Crochet sur son mât.

Peter regarde le pirate qui tente de se rapprocher du pont situé au-dessus de sa tête.

– Tu sais ce qui fait le plus mal, quand on vieillit ? lui demande le capitaine, haletant. Ce ne sont ni les os fragiles, ni les rêves envolés, ni la sensation de se rapprocher de la mort. C'est de savoir que ton meilleur ami peut te regarder dans les yeux et ne pas te reconnaître.

Le navire s'incline dans l'autre sens à présent, se redresse petit à petit. Le mât pointe vers l'horizon puis de plus en plus haut. Les pirates qui n'ont pas été jetés par-dessus bord, et qui se raccrochaient aux voiles, retombent sur le pont.

– C'est toi qui as voulu partir ! réplique Peter.

Il sait, depuis qu'il a repris connaissance après sa chute, que cette conversation est inévitable. Et maintenant que la mémoire du capitaine a été rafraîchie, il ne compte pas en rester là. Jamais il ne mettra un terme à ce duel.

– J'étais un enfant ! proteste Crochet.

Peter arque un sourcil et rétorque :

– Regarde ce que tu es devenu.

– C'est le sort qui m'a donné cette main, affirme le pirate en montrant son crochet.

– Le sort t'a *pris* ta main, rectifie Peter.

Mais son adversaire secoue la tête. Non. C'est faux. Le garçon n'a rien compris.

– Tout est ta faute ! tonne le capitaine.

Constatant que le navire est de nouveau dans une position normale, il brandit son crochet et son épée. Il veut en finir avec ce duel – une bonne fois pour toutes.

Alors il est d'autant plus stupéfait de voir Peter lever les mains en signe de reddition.

– Stop !

Crochet toise son adversaire d'un œil noir.

Abandonner est hors de question. Peter doit se battre. Tous deux sont censés s'affronter – maintenant et à jamais. Sans Peter, la vie du capitaine est vide, il en a fait l'expérience. Et cela ne lui a pas plu. Alors il va poursuivre le combat, comme de juste.

– Ne renonce pas maintenant, gamin ! lance-t-il. Imagine ce que le Pays imaginaire serait sans nous, sans nos batailles, sans nos querelles. Sans toi, le feu qui m'anime s'éteindrait…

Tout en parlant, le pirate menace Peter de son épée, l'accule contre le mât.

– … et sans ce feu, reprend-il, tu n'aurais d'autre choix que d'être…

– Un vrai garçon ? devine Peter.

Crochet sursaute et secoue la tête.

– Non ! Un vrai garçon grandirait. Un vrai garçon…

Là encore, Peter termine sa phrase pour lui.

– S'excuserait ?

Cette fois, le capitaine est hors de lui. Il ne s'attendait pas du tout à cela.

– S'excuser ? De quoi ?

– De t'avoir fait du mal, dit Peter avec le plus grand sérieux, toute amertume envolée. D'être un mauvais ami.

La proximité de la mort a éveillé quelque chose en lui : un sentiment resté longtemps en sommeil. *L'empathie.* Lorsqu'il croyait mourir, il a ressenti un vide et de la peur. Et il sait que Crochet a dû ressentir les mêmes choses enfant, quand il voulait rentrer chez lui. Pendant toutes ces années, Peter a voulu se battre contre lui car il était en colère. Mais à présent, il comprend que ce n'était pas de la colère qu'il éprouvait. Juste de la souffrance. Une souffrance causée par la solitude et la peur. Or il ne veut plus jamais connaître ni l'une ni l'autre.

Peter lâche son épée, et celle-ci retombe sur le pont à côté de Wendy qui observe la scène.

– Excuse-moi pour ce que j'ai fait, Capitaine Crochet. Je suis désolé de t'avoir fait du mal, James.

Le pirate en reste muet de stupeur. Mais cela ne dure pas.

– Tu n'as pas le droit ! hurle-t-il. Ce n'est pas comme ça que ça se passe. Tu dois te battre !

– Mais ça ne m'amuse plus, insiste Peter.

Il se tourne vers Wendy et les Enfants perdus, puis vers Clochette, et enfin vers Lily la Tigresse – ses amis. *Eux*, ils s'amusent. *Eux*, ils vivent des aventures. Et ils ne sont jamais aussi bien qu'ensemble.

– Nous ne sommes pas là pour nous amuser ! tonne le capitaine, à bout de patience.

Il en a assez de ce nouveau jeu auquel semble se livrer Peter. Quel toupet ! Crochet brandit son épée et s'avance, prêt à frapper.

Mais il n'a pas le temps d'effectuer le geste, que Wendy et Clochette s'interposent entre Peter et lui.

– Oh, Capitaine, dit la jeune fille en secouant la tête, il faudrait grandir un peu.

Et avant même que le pirate ne puisse rétorquer quoi que ce soit, une détonation formidable retentit.

À l'autre bout du pont, le Long Tom – le plus gros et le plus puissant canon du navire – crache de la fumée. Assis par terre à côté du fût, Slightly est encore un peu étourdi, mais il sourit quand même. Il suit du regard le boulet qui fuse en direction du mât de misaine. Tel un arbre dans la forêt, le petit mât grince, puis grogne avant de s'écrouler contre le grand mât.

Privé de son perchoir, le capitaine Crochet plonge droit vers la mer, quand soudain, quelqu'un le saisit au vol. Le pirate lève la tête en direction de son sauveur et découvre… Peter, qui le tient par son crochet.

– Je te tiens, dit le garçon.

Les yeux emplis de terreur, le capitaine voit son navire tanguer en dessous de lui. Peter s'efforce de le retenir avec le peu de poudre de fée qu'il lui reste. Mais Crochet est un adulte, il est lourd. C'est épuisant. L'idéal serait que Crochet fasse une chose qu'il n'a sans doute plus faite depuis longtemps.

– Pense à des souvenirs heureux ! lui crie Peter.

Le pirate ferme les yeux très fort, fouille sa mémoire, tente de se rappeler quelque chose qui ressemble à une époque heureuse. L'effort semble être pénible, et Peter souffre lui aussi. Est-ce donc si dur de trouver un bon souvenir ? Toutes ces années de batailles ont-elles effacé les souvenirs de leurs jeux dans les bois ? Des parties de cache-cache au repaire ? Tout cela est-il sa faute ?

Rouvrant les yeux, Crochet secoue la tête.

– Je n'en ai aucun ! se désole-t-il.

– Mais si, insiste Peter.

Le garçon refuse que tout se termine ainsi. Crochet a forcément un bon souvenir, ne serait-ce qu'un seul.

Hélas, il n'a pas le temps d'ajouter quoi que ce soit qu'un bruit sec retentit et, aussitôt, Peter ne sent plus le poids du capitaine au bout de son bras. Regardant sa main, il constate qu'elle tient toujours le crochet mais que le pirate s'en est détaché.

– Non ! hurle Peter.

Voir le capitaine chuter est un supplice. Et soudain, le malheureux s'abîme en mer.

Peter redescend sur le pont et se dresse sur ses jambes flageolantes. Ses épaules tremblent et ses yeux s'embuent lorsqu'il plonge son regard dans les remous obscurs où le capitaine a disparu. Lorsque ensuite il examine le crochet, un frisson le secoue.

– Qu'y a-t-il, Peter ? demande une petite voix qui le fait sursauter.

Le garçon se retourne et découvre les enfants réunis sur le pont. Le *Jolly Roger* leur appartient désormais. Les rares pirates qui ne sont pas tombés à la mer sont tapis dans un coin ou recroquevillés sur eux-mêmes, tremblant de peur. Wendy, elle, reste à l'écart, les larmes aux yeux. Elle a tout vu ; elle sait ce qui met Peter dans cet état-là.

– Il était mon ami, souffle le garçon.

Il comprend surtout que cet homme a *toujours* été son ami, d'une étrange façon.

Et maintenant, Peter ne pourra jamais plus le revoir.

Les enfants regardent leur chef pleurer le pirate en silence. Mais ensuite, d'un pas lent et respectueux, ils se rapprochent et forment un cercle autour de lui.

– Nous aussi, nous sommes tes amis, Peter, dit Curly.

Slightly hoche la tête et ajoute :

– On est là pour toi.

Peter les observe tous. Ils ont raison. Dans son obsession pour le capitaine Crochet, il ne se rendait pas compte qu'il avait tous ces bons amis près de lui. Et maintenant, il doit agir en véritable ami, et consentir au sacrifice ultime.

– Vous ne pensez pas qu'il est grand temps de rentrer chez vous ? les questionne-t-il.

Les enfants s'interrogent du regard, sans trop savoir si Peter est sérieux ou non. Mais ensuite, le facétieux héros demande à Clochette de recouvrir le bateau de poudre de fée. Le *Jolly Roger* s'élève aussitôt après dans le ciel, et le doute n'est plus permis : Peter ne plaisante pas.

– Où ça, Peter ? s'enquiert Slightly alors que la petite troupe se dirige vers la roue de gouvernail.

Le ciel s'est éclairci et les étoiles s'éteignent l'une après l'autre.

Peter lève les yeux vers elles et pointe un doigt. Il ne sait peut-être pas se comporter en meilleur ami, mais il est sûr d'une chose :

– Deuxième étoile à droite et tout droit jusqu'au…

– Attends, le coupe Jean. Ce devrait plutôt être à gauche, non ?

– Pardon ?

– L'étoile. Si nous partons en sens inverse…

Wendy ne participe pas au débat, elle observe Peter avec un sourire triste au visage. Elle se réjouit de rentrer, mais ce garçon va lui manquer. Tournant la tête vers le Pays imaginaire, elle plisse les paupières. Un cheval blanc galope sur la plage, et sa cavalière n'est autre que Lily la Tigresse. L'étalon se cabre et la fille adresse un signe de la main à Wendy. Cette dernière la salue par le même geste.

Oui, songe-t-elle, ce pays va lui manquer, tout comme les amis qu'elle s'y est faits. Lily lui a appris à être forte. Peter lui a enseigné la compassion. Et Clochette lui a montré comment écouter. Tous font partie de sa vie, maintenant. Mais l'heure est venue de rentrer. Et même si elle sait qu'elle risque de ne jamais revenir au Pays imaginaire, elle se console en se disant qu'il lui restera toujours les histoires.

Une petite main vient soudain se glisser dans la sienne. Wendy penche la tête. Michel est là, tenant son ours en peluche dans son autre main.

– Dis au revoir au Pays imaginaire, monsieur Ours, souffle le bambin. Tu seras bientôt chez toi.

Wendy lui presse la main. Oui, ils seront tous chez eux très bientôt. Et elle a grandement hâte.

16
Peter Pan & Wendy

D'un geste lent, Wendy referme la porte de la chambre d'enfants et se tourne vers l'escalier. Il règne dans la résidence des Darling un silence paisible, et la jeune fille reste un moment à se délecter de cette ambiance familière. Le trajet du retour s'est déroulé sans encombre, comme l'avait promis Peter, et le temps ne s'est pas écoulé pendant qu'ils étaient au Pays imaginaire. Il fait encore nuit à Londres. Les flammes dansent encore dans les lampadaires et l'atmosphère demeure humide après l'orage. Rien ou presque n'a changé. Mais Wendy, elle, a la sensation d'être très différente.

Un grincement de porte lui fait tourner la tête vers la chambre de sa mère. Cette dernière passe un châle sur ses épaules.

– Bonté divine, Wendy, tu m'as fait peur, dit-elle.

– Maman… je suis vraiment désolée, réplique Wendy comme si leur petite dispute venait juste de s'achever.

Mme Darling lui sourit en écartant les bras. Comme lorsqu'elle était enfant, Wendy court se blottir contre sa mère. La tête posée sur l'épaule de celle-ci, elle s'étonne de constater qu'elle est presque aussi grande qu'elle.

– Allons, allons, ma douce, chuchote Mme Darling en lui caressant les cheveux. Ce n'est rien.

– Je pense être prête, maman, déclare ensuite Wendy.

– Prête pour quoi ?

La jeune fille avale sa salive. Elle sait que c'est la bonne décision. Cependant, une fois qu'elle aura prononcé ces paroles, elle ne pourra plus revenir en arrière. Mais soudain, elle repense à Peter et au capitaine, à tout le temps qu'ils ont perdu en voulant se raccrocher au passé. L'heure est venue de tourner la page.

– Je suis prête à… commence Wendy.

Un coup sourd derrière la porte de la chambre d'enfants l'interrompt. Le bruit est suivi par des voix étouffées.

Mme Darling se dégage de l'étreinte et demande :

– As-tu entendu ?

– Non, je ne crois pas… répond Wendy en feignant l'innocence.

Mais lorsqu'un nouveau coup retentit, cette fois, Mme Darling passe la tête hors de sa chambre.

– Chut ! souffle-t-elle. Tu n'entends pas ? Des intrus !

Wendy secoue la tête.

– Je n'entends rien du tout…

M. Darling rejoint son épouse et, sans plus prêter attention à leur fille, ils se dirigent vers la chambre d'enfants. Wendy les suit en soupirant. Elle espérait avoir un peu plus de temps.

Poussant la porte de la chambre, M. et Mme Darling restent bouche bée en découvrant une petite troupe d'inconnus. Curly, Slightly, Nibs, Tootles, La Flèche, Birdie et les jumelles sont là. Les yeux ronds comme des ballons, ils admirent les jouets que Jean et Michel leur présentent. Il y en a même qui sautent sur les lits, tandis que Nibs s'amuse à aboyer avec Nana.

– Qui sont tous ces enfants ? demande Mme Darling lorsqu'elle retrouve enfin la parole.

Les Enfants perdus se figent immédiatement. Ils s'avancent ensuite vers la maîtresse de maison, attirés par la douceur de son visage et de sa voix.

– Mais d'où sortez-vous donc ? enchérit M. Darling.

– Du Pays imaginaire ! révèle Michel.

– Le Pays imaginaire ? répète son père, un peu perdu.

Il n'a pas le temps de poser d'autres questions que La Flèche vient lui remettre sa montre. Un peu cabossée, certes, mais toujours en état de marche. Il l'a réparée ! M. Darling observe tour à tour la montre et le garçon, puis il secoue la tête en signe de stupéfaction.

– Qu'est-il arrivé à ma pauvre montre ? se désole-t-il.

– Euh, c'est une longue histoire, répond Jean.

Wendy sourit de voir ses parents et les enfants faire connaissance. Elle savait que ses parents les accueilleraient à bras ouverts. C'est pourquoi elle a demandé à Peter de les laisser tous ici. Tôt ou tard, M. et Mme Darling essaieront de contacter les vrais parents de ces malheureux, ou de leur trouver une nouvelle maison. Mais pour l'heure, ils ont besoin d'une bonne nuit de sommeil, de quelques repas chauds, et peut-être même d'une histoire racontée par Mme Darling.

Wendy ressort de la chambre sur la pointe des pieds. Il lui reste une chose à faire… Des adieux. Elle grimpe l'escalier menant au toit, où elle retrouve Peter assis sur les tuiles, auprès de Clochette. Au-dessus d'eux, le *Jolly Roger* est amarré à la cheminée. S'approchant de Peter, Wendy entend un sanglot.

– Pourquoi pleures-tu ? demande-t-elle tout bas.

Peter lève les yeux et sèche ses larmes. À l'époque de leur première rencontre, il aurait sûrement inventé un prétexte. Mais cette époque est révolue. Wendy et lui sont désormais de vrais amis – or les vrais amis se disent la vérité.

– Tu te rappelles la fois où tu m'as demandé d'où je venais ? dit Peter.

– Oui… répond Wendy.

C'est d'ailleurs la seule question qui soit restée en suspens – jusqu'à maintenant.

Peter pointe un doigt vers la cheminée. Wendy tourne la tête tandis que Clochette va éclairer les briques de sa lueur de fée. Wendy retient son souffle en découvrant le nom gravé dans les briques : « Peter Pan ».

– Cette maison était la tienne, autrefois ? tente-t-elle de clarifier.

Peter hoche la tête. Il prend une longue inspiration puis il raconte l'histoire qu'il n'a jamais révélée à personne. Pas même à Crochet.

– Un soir, dit-il, ma mère m'a grondé, elle m'a dit de grandir un peu. Alors, au lieu d'obéir, je suis sorti par la fenêtre, j'ai sauté par-dessus le mur du jardin, et j'ai filé sans me retourner.

– Mais tu as fini par revenir, nuance Wendy. Ta maison te manque, c'est pour ça que tu y revenais sans cesse.

Peter hausse les épaules.

– Elle n'appartient plus à mes parents. C'est la tienne. Moi, je ne suis qu'une histoire – une histoire que je raconte à tous les enfants qui veulent bien l'écouter...

– Comme ma mère, par exemple ? devine Wendy.

– Oui, et sa mère avant elle. Cette histoire n'avait jamais de dénouement... jusqu'à maintenant.

Le garçon s'interrompt un moment puis ajoute :

– Je pourrais peut-être continuer à venir l'écouter, de temps en temps.

Wendy perçoit la mélancolie dans sa voix et elle en a le cœur brisé. Peter a ramené les Enfants perdus chez eux, mais lui va se retrouver seul, désormais.

– Ou alors, tu pourrais rester, propose-t-elle avec un sourire.

– Ici ? demande Peter.

– Oui.

– Mais toi, tu vas t'en aller. Tu vas grandir.

– Tu sais, Peter, après tout ce qu'on a vécu, je pense que…

Wendy prend le temps de trouver les bons mots.

– Je pense que grandir… c'est peut-être la plus grande aventure qui soit.

À ces mots, Peter ne peut retenir ses larmes. Wendy a bien envie de le prendre dans ses bras pour le réconforter. Ce garçon qui n'a pas peur des pirates tremble à l'idée de devoir grandir.

– Je ne pense pas être prêt, confesse-t-il.

– As-tu conservé mon baiser ? lui demande Wendy.

Peter hoche la tête et sort le dé de sa poche.

Wendy le lui prend et contemple ce petit objet qui a une si grande signification. Elle lève ensuite les yeux vers Peter.

– Puis-je t'en donner un autre ?

– Oui, accepte Peter, la main tendue.

Mais au lieu de lui offrir un second dé à coudre, Wendy dépose sur sa joue le plus doux des baisers. Un baiser innocent et pur, plein de sentiments secrets et de promesses non dites.

Quand elle se retire, la jeune fille sent la fraîcheur du vent sur ses joues rosies. Elle lit également la surprise dans les yeux de Peter.

– Chacun grandit à son rythme, je pense, estime-t-elle. Et tu m'as appris à trouver le mien.

Sur ce, elle se lève et tend la main à Peter.

– Pars si tu le souhaites, dit-elle. Et reviens quand tu seras prêt. Ce jour-là… on se reverra peut-être.

Peter reste planté devant Wendy, la bouche ouverte comme pour dire oui. Mais avant qu'il ne le fasse, une bourrasque gonfle les voiles du *Jolly Roger*. Le navire tire sur son amarre, et la cheminée cède. Libéré de son ancre de fortune, il s'éloigne déjà.

Le regard de Peter oscille entre le *Jolly Roger* et Wendy. Le garçon est visiblement déchiré. Mais soudain, il adresse un dernier coup d'œil plein de mélancolie à son amie, et se propulse à bord du bateau.

Un tintement attire l'attention de Wendy, qui repère Clochette à côté du garçon.

– Au revoir, Clochette, dit Wendy. Prends bien soin de Peter. Et ne m'oublie pas.

La petite fée redescend sur le toit et vient voleter devant l'oreille de Wendy. Quand elle lui parle, celle-ci comprend parfaitement ce qu'elle dit :

– Merci de m'avoir entendue, Wendy.

Aussitôt, elle dépose un baiser sur le nez de la jeune fille et fonce retrouver Peter.

Wendy les regarde s'éloigner, tout comme ses parents et les enfants depuis la chambre. Le départ du *Jolly Roger* provoque à chacun une émotion différente. Pour les Enfants perdus, c'est un mélange de tristesse, d'amour et de gratitude. Peter leur a fait vivre des aventures inoubliables, et il va beaucoup leur manquer. Cependant, ils sont maintenant prêts à affronter ce qui les attend. M. et Mme Darling, eux, éprouvent une bouffée de nostalgie à l'évocation d'un souvenir oublié.

– Quelle est cette magie ? demande tout bas M. Darling. Qui est ce garçon ?

À sa gauche, Mme Darling admire elle aussi le navire. Et soudain, comme si un rêve s'était clarifié dans son esprit, elle sait. Elle sait qu'elle a déjà vu ce navire, qu'elle a déjà rencontré ce garçon. C'était il y a longtemps, quand elle n'était qu'une enfant. Mais elle le connaît.

– C'est Peter Pan, révèle-t-elle à son époux alors qu'une nouvelle bourrasque gonfle les voiles scintillantes du *Jolly Roger*.

Mme Darling presse la main de son mari puis pose le regard sur les enfants. Quelle nuit magique ils ont dû vivre…

Pendant ce temps, sur le toit, Wendy regarde le *Jolly Roger* s'enfoncer dans la nuit, cap sur la deuxième étoile à droite.

La jeune fille distingue à peine Peter, à la proue, son chapeau incliné en arrière, Clochette à ses côtés.

Comme s'il sentait son regard, Peter court se poster contre le bastingage. Une main en l'air, il salue Wendy tandis que son navire s'éloigne. La dernière image que la jeune fille gardera de son ami, c'est celle du navire se découpant en ombre chinoise devant la lune – une vision de rêve.

Aussitôt après, le *Jolly Roger* a disparu. Il ne reste plus dans le ciel que les étoiles qui scintillent et la lune qui brille. Wendy scrute encore longtemps l'horizon, imaginant le navire et ses deux seuls membres d'équipage regagnant un pays sans égal. Rien ne sera pareil, sans les Enfants perdus et le capitaine Crochet, mais Wendy devine que Peter a plus d'un tour dans son sac.

Détournant enfin son regard du ciel, la jeune fille contemple la ville qui s'étire devant elle. Londres aussi lui semble différente, à présent : plus douce, plus magique. Les rues paraissent plus larges, la ville plus ouverte, comme si elle regorgeait de possibilités. Wendy soupire puis se dirige vers l'escalier. Mais en passant devant les vestiges de la cheminée, elle aperçoit le nom de Peter, gravé dans les briques. Elle s'arrête. Le nom est si petit, alors que Peter Pan est un si grand héros – un héros dont elle espère raconter un jour l'histoire à ses enfants, ainsi qu'aux enfants de ses enfants. Toutefois, c'est une histoire dont elle a modifié le cours. Peter lui-même l'a déclaré. Elle lui a donné un dénouement. À genoux face aux restes de la cheminée, elle se met à gratter la brique à l'aide du dé à coudre qu'elle avait offert à Peter – son premier baiser. Son travail achevé, elle se recule et sourit.

Ravie du résultat, elle rentre enfin chez elle. Il est temps d'aller voir comment se portent les enfants ainsi que ses parents.

Derrière elle, un nuage voile la lune. Quand il est passé, l'astre illumine la cheminée, révélant ce que Wendy a gravé dans la brique – la fin d'une histoire, et peut-être le début d'une nouvelle : « Peter Pan & Wendy ».

Épilogue

Un nouveau jour radieux se lève sur le Pays imaginaire. Une douce brise caresse les collines, fait onduler les herbes comme des vagues. Dans les petits lagons du littoral, les sirènes s'ébattent dans l'eau bleue translucide.

Mais soudain, au large, un bras jaillit des flots. Un bras amputé d'une main, et qui s'empare d'un objet à l'extrémité incurvée.

C'est Crochet !

Crachant de l'eau et pantelant, le capitaine se hisse sur un canot chaviré. Il est trempé jusqu'aux os, son visage est tout bleu, ses doigts tout fripés, mais il est vivant ! Il est on ne peut plus vivant.

Non loin de là, le pirate aperçoit M. Mouche, cramponné à un cordage.

– Capitaine ! s'exclame le vieil homme en repérant Crochet. Je suis là, Capitaine !

– Je vous vois ! réplique celui-ci en retirant une algue de sa chemise. Tâchons de regagner la côte !

M. Mouche hoche la tête et demande :

– Vous m'avez vu, tout à l'heure ? Je volais ! Je volais pour de vrai !

Au loin, un bruit soudain fait taire M. Mouche. Crochet et lui scrutent l'horizon. Ils attendent, retenant leur souffle, que le bruit revienne.

– Avez-vous entendu ? demande Crochet.

Le bruit se produit de nouveau, en même temps qu'une ombre passe sur la tête du pirate. Il sourit. Non, ce n'est pas un cri de mouette. Ni même le tic-tac effrayant du crocodile. Ce bruit l'accompagne depuis sa plus tendre enfance. C'est Clochette qui tinte pour annoncer le retour de Peter au Pays imaginaire. Crochet lève les yeux au moment où le *Jolly Roger* apparaît. Alors, pour la première fois depuis de bien nombreuses années, le capitaine éprouve de la joie.

Le navire volant se rapproche des flots, permettant à Crochet d'apercevoir Peter et Clochette qui volette devant lui. La lumière dorée de la fée se répand à travers le Pays imaginaire et, quand le navire survole le crochet du capitaine, Peter tend la main et hisse le pirate à bord.

Redevenus amis, ils voguent vers les plages du Pays imaginaire, prêts à vivre ensemble de nouvelles aventures.

Fin

Table des matières

PAPIER CERTIFIÉ

hachette s'engage pour l'environnement en réduisant l'empreinte carbone de ses livres. Celle de cet exemplaire est de :
650g éq. CO_2
Rendez-vous sur www.hachette-durable.fr

Photogravure Nord Compo - Villeneuve-d'Ascq
Imprimé en Roumanie par Rotolito Romania
Dépôt légal : avril 2023
Achevé d'imprimer : mars 2023
33.5802.9/01 – ISBN 978-2-01-720431-2
Loi n° 49956 du 16 juillet 1949
sur les publications destinées à la jeunesse